1026

Genuine Winners   8a

Irma Krauß

Esthers Angst

Roman

EIN GULLIVER VON **BELTZ & GELBERG**

Die Originalausgabe des Romans erschien 1997 bei Egmont
Franz Schneider Verlag GmbH. Für die vorliegende Ausgabe
wurde der Text von der Autorin neu durchgesehen.

www.gulliver-welten.de
Gulliver 1026
© 2007 Beltz & Gelberg
in der Verlagsgruppe Beltz · Weinheim Basel
Alle Rechte vorbehalten
Neue Rechtschreibung
Markenkonzept: Groothuis, Lohfert, Consorten, Hamburg
Einbandgestaltung: Max Bartholl, Frankfurt
Einbandfoto: Getty Images/Kathrin Miller
Gesamtherstellung: Druck Partner Rübelmann, Hemsbach
Printed in Germany
ISBN 978-3-407-74026-7
1 2 3 4 5   11 10 09 08 07

Gilbert

Es war ein Mittwoch, an dem sie mich zum ersten Mal anschaute, der Mittwoch nach dem Tag der deutschen Einheit, der erste Mittwoch im Oktober also. Warum ich das so genau weiß? Weil es der Tag war, an dem ich in der Mittagspause dem Wagen meines Vaters einen eingebeulten Kotflügel beschert hatte. Kurz darauf dann dieser Blick. Sie schaute mich *voll* an, man könnte sagen, *bedeutungsvoll*. Mein Herz machte einen Satz – wie Vaters heiliger BMW, als er an der Kreuzung auf den Wagen des Vordermannes aufgeprallt war; es flog ihr zu, mit höchster Beschleunigung. Doch traf es leider auf was Hartes, prallte ab und hatte eine Beule weg wie das Blech.

Aber sie hat mich angeschaut! Eine Täuschung ist unmöglich.

Ich vergaß augenblicklich meinen Frust und setzte mich leicht schräg, so dass ich ihren Blick auffangen würde, sollte er noch einmal in meine Richtung zielen. Von der Englischstunde bekam ich natürlich nichts mit, ich war völlig abgetreten.

Englisch in der neunten Stunde ist sowieso tödlich, und nicht mal unser Englischmensch, der Lemmer, tut, als wäre er noch lebendig. Und abgetreten war ich überhaupt schon oft; in der achten Klasse so gründlich, dass man mir nahegelegt hat, sie noch einmal zu besuchen. Was ich auch gemacht habe. Wenn's einem so freundlich gesagt wird: Die Erlaubnis zum Vorrücken in die nächsthöhere Jahrgangsstufe hat *er nicht* erhalten.

Damit stehe ich nicht ganz allein da. Die meisten Leute in der Zwölften haben irgendwann eine Ehrenrunde gedreht oder es sonstwie geschafft, dass sie sich bereits im Besitz des Führerscheins befinden, was ja ein gewisses vorgerücktes Alter voraussetzt.

Esther nicht. Nein, natürlich nicht. Die ist erst zarte siebzehn. Das weiß ich, weil bei ihr noch die Erziehungsberechtigten unterschreiben müssen, wenn es etwas zu unterschreiben gibt. Siebzehn. Und ist seit dem Tag ihrer Geburt nur dem Pfad der Tugend gefolgt (der keine Ehrenrunden vorsieht), ohne einen Blick nach rechts oder links zu werfen.

Rechts saß ich an diesem Mittwoch. Und an allen Mittwochen in der neunten Stunde, seit wir in der K12 sind. Und außerdem an jedem anderen Wochentag für eine Schulstunde. Der Leistungskurs Englisch hat mich mit Esther zusammengeführt. Sonst nichts.

Wirklich, wir haben kein einziges weiteres Fach gemeinsam! Wenn ich das vorher gewusst hätte – vielmehr, wenn ich *überhaupt* etwas von ihr gewusst hätte –, dann hätte ich mich nach ihrer Fächerwahl erkundigt und meinetwegen sogar Bio genommen, obwohl ich Bio verabscheue. Ich warf ihr verstohlene Blicke zu und grübelte darüber nach, wie es möglich ist, dass wir nicht mal im Reli-Grundkurs zusammen sind, obwohl Reli doch jeder belegen muss. Mich hat man in den B-Kurs geworfen, vielleicht ist sie im A-Kurs … Und ansonsten muss sie ganz andere Fächerkombinationen gewählt haben als ich.

Der Lemmer, scheintoter Schwätzer, las aus einem sterbenslangweiligen Arbeitsblatt sämtliche Zusammenstöße vor, die die Indianer mit den weißen Einwanderern gehabt hatten.

Ich ahnte, dass wir das Arbeitsblatt hinterher bekommen würden und dass wir sämtliche Zusammenstöße, die die Indianer mit den weißen Einwanderern gehabt hatten, in der nächsten Stunde würden aufsagen müssen, in makellosem Englisch, wie es sich für Kollegiaten gehört. Und ich ahnte außerdem, dass mein Gedächtnis sich weigern würde, diese dämlichen Fakten aufzunehmen.

Esther starrte den Lemmer wie hypnotisiert an. Ich wusste, sie hatte ein Aufzeichnungsgerät im Kopf, das sich gleichmäßig drehte und alles mitschnitt, für eine wortgetreue Wiedergabe in der nächsten Stunde.

Gegen Streber hatte ich immer was. Habe sie auch erbarmungslos mit meinem Hohn verfolgt. Und, vielleicht, wenn ich mit Esther in derselben Klasse gewesen wäre ... Aber das war ich nie. Erst in der K12 trafen wir zusammen. Und auch da nur im LK Englisch. Dabei ist sie seit der Fünften an unserem Gymnasium – und ich habe sie so gut wie nicht bemerkt! Kann daher kommen, dass ich mich bisher mehr für die auffällige Sorte Mädchen interessierte, für die eben, die es einem leichtmachen, die einen zu Feten einladen und die man abends trifft, wenn man Kneipen und Discos abklappert.

Mensch, ich hab Esther noch nie, noch nicht ein einziges Mal, auf einer Fete oder sonst wo getroffen, noch nicht mal auf der Straße! Fällt sie jeden Morgen vom Mond ins Klassenzimmer? Und wie kommt sie da wieder hinauf?

Das Aufzeichnungsgerät spulte gleichmäßig. Aber die Hände waren unruhig und die Augen blinzelten häufiger als sonst, wie mir schien. Sie wusste, dass sie mich bedeutungsvoll angeschaut hatte, und es nagte an ihr.

Ich überlegte, *warum* sie es getan haben könnte. Noch nie zuvor war es mir gelungen, mehr als einen flüchtigen Blick oder ein gleichgültiges Wort von ihr zu erhaschen. So sehr ich mich darum bemüht hatte, zurückhaltend natürlich, denn, um die Wahrheit zu sagen, sie schüchtert mich ein. Sie zieht mich an und lässt mich abprallen, es ist zum Verrücktwerden.

Ich begann mich wieder mies zu fühlen. Der Unfall ließ sich nicht mehr verdrängen. Mein Vater wusste es bereits, und dass er nicht ganz Pettenstein zusammengebrüllt hatte, lag nur daran, dass die Formalitäten ihm keine Zeit dazu gelassen hatten. Ich selbst hatte vor der Bescherung gestanden wie der Ochs vor dem Berg und war ihm dankbar gewesen, dass ich mich schließlich in die Englischstunde hatte absetzen dürfen. Die ich normalerweise schon bei geringeren Anlässen schwänze.

Die Auseinandersetzung, auch mit meiner Mutter, stand mir noch bevor. Wenn ich wenigstens leicht beschädigt im Krankenhaus gelegen hätte! Möglicherweise war ich innen drin verletzt und wusste es nur nicht, vielleicht stach mir ein Knochen in die Lunge, denn so fühlte es sich an!

Ich merkte im ersten Moment gar nicht, dass der Lemmer fertig war. Das heißt, er brach ab, ohne fertig geworden zu sein, und steckte den Packen Arbeitsblätter wieder in seine Tasche.

Das konnte mich auch nicht hochreißen.

Die anderen ließen mich in Ruhe. Denn wenn ich sauer bin, muss man mich nur einmal anschauen und schon zieht man das Genick ein und geht weiter.

Ich stand mit gesenktem Kopf auf, als jemand vor mir stehen blieb.

»Geht's dir nicht gut?«, sagte sie leise. »Du schaust irgendwie ..., ich dachte ...«

Ich starrte sie erschrocken an. Esther, die noch nie freiwillig mit mir geredet hatte!

Meine Geistesgegenwart ließ mich im Stich, ich nickte nur
stumm.

»Wenn ich was tun kann ... Vielleicht willst du sagen, was es
ist ...«

Sie war über und über rot geworden und ich hatte plötzlich
keine Angst mehr vor ihr.

Ich dachte fieberhaft nach. Meine Eltern erwarteten mich
zu Hause, jetzt, sofort. Was am Abend sein würde, wusste der
Himmel – bestimmt nichts Gutes. Der einzige Ort der Sicherheit war derzeit die Schule. Und am Donnerstag hatte ich die
dritte Stunde frei.

Ich murmelte mit gesenkten Augen: »Ich würde es dir gern
sagen ..., hast du zufällig morgen in der dritten Stunde frei?«

Sie zuckte zurück, aber sie lief nicht weg. »Nein«, sagte sie.

»Hast du vielleicht am Freitag eine Freistunde?«

Sie zögerte. »Ja, die fünfte«, sagte sie abwehrend.

»Ich auch!«

Ich habe freitags in der fünften keineswegs frei. Aber darüber würde ich mir später den Kopf zerbrechen. Und jetzt eine
trübe Miene behalten, nur ja keinen Fehler machen. Ich stellte
mir meine Eltern vor, wie sie zu Hause auf und ab gingen, da
gelang es. Kläglich sagte ich: »Ich warte im Park auf dich.«

Der Pettenbachpark, der gleich hinter der Schule liegt, war
schon immer der Ort meiner Wahl gewesen, wenn ich mich
zur Unterrichtszeit mit einem Mädchen getroffen hatte; mit
ein bisschen Glück konnte man ihn ungesehen erreichen und

war sofort weg von der gefühlstötenden Atmosphäre der höheren Bildungsstätte. Früher riskierte man etwas wegen unerlaubter Entfernung vom Schulgelände, jetzt, in der Kollegstufe, nicht mehr.

Ich hab's nicht oft gemacht. Ich bin auch kein Weiberheld. Aber ein paar Begegnungen der weiblichen Art hat man mit neunzehn schon hinter sich. Wenn man normal ist. Ich bin nicht extra normal, aber normal bin ich schon. Im Park war ich übrigens lange nicht mehr. Und ich wunderte mich plötzlich, dass ich so einen verstohlenen Treff noch nötig hatte.

»Das geht nicht!« Die helle Panik stand in ihren Augen.

War's so schlimm, sich mit mir zu treffen? »Und warum nicht?«, bohrte ich nach.

»Ich ...« Sie wand sich. »Ich muss was tun.«

Ich müsste immer was tun, wollte ich sagen. Aber ich spürte, dass hier solche Wahrheiten fehl am Platze waren. So guckte ich sie mit meiner ganzen Enttäuschung an: Marke Hundeblick. Danach schlug ich die Augen nieder und murmelte: »Schade.«

Ich bewegte mich nicht.

Esther bewegte sich auch nicht. Sie hätte jetzt gehen können. Ich wartete angespannt auf ihren ersten Schritt. Kann sein, dass mein Mund dabei ins Zucken geriet. Ich war ziemlich mit den Nerven runter.

Auf einmal hörte ich ihre leise Stimme. »Nun gut. Aber nur ganz kurz.«

Den zweiten Teil nahm ich kaum mehr wahr, ein solches Freudengetrommel legte mein angeschlagenes Herz vor. Dann sah ich Esther davongehen, Richtung Mond oder wohin sonst.

Ich lief zum Fenster, von wo aus ich den Schulhof und die Einfahrt sehen konnte. Würde sie sich nach rechts oder nach links wenden? Viel Aufschluss konnte das zwar nicht geben ... Ich kam mir vor wie ein Trottel von dreizehn, stand da hinter der Scheibe und beobachtete sie heimlich, anstatt dass ich einfach fragte: Wo wohnst du eigentlich. Fiel ich in die Pubertät zurück oder was?

Esther wandte sich weder nach rechts noch nach links, sondern blieb in der Einfahrt stehen. Da kam ein kleines graues Auto und hielt neben ihr an; ziemlich altes Modell, eins, das ich mir vielleicht auch leisten könnte, wenn ich mal endlich sparen würde. Sie stieg ein. Den Fahrer konnte ich nicht sehen, mein Fenster lag zu hoch.

Egal, zu wem sie ins Auto stieg – sie hatte mir eine Chance gegeben. Ich fing an, die Stunden zu zählen. Die bevorstehende Auseinandersetzung mit meinen Eltern kratzte mich nicht mehr.

Esther   Ich muss verrückt geworden sein. Habe mich mit IHM verabredet. Gilbert.

Sind das Satans Schliche? Macht er sich so an gute Christen heran, um sie ins Verderben seiner bösen Welt zu locken?

Ich lag die ganze Nacht wach und weiß es noch immer nicht.

Mama holte mich gestern von der Schule ab. Wir besuchten zwei Menschen guten Willens. Der erste Mensch guten Willens war eine Frau, die uns letztes Mal zehn Minuten lang zugehört hatte; sie hatte mich dann gefragt, ob es mein Beruf sei, von Tür zu Tür zu gehen und zu predigen. Als ich sagte, dass ich noch zur Schule gehe, hatte es sich schließlich herausgestellt, dass ihre Kinder vor wenigen Jahren dasselbe Gymnasium besucht hatten.

Deshalb schlug Mama vor: »Mach du die Einleitung, Esther. Sprich über ihre Kinder. Danach sage ich, dass ich als Mutter sehr an der Zukunft meiner Kinder interessiert bin und ob nicht auch für sie die glückliche Zukunft ihrer Kinder und ihrer ganzen Familie das Wichtigste sei.«

Ich machte meine Sache schlecht. Die Frau unterbrach mich gleich und sagte, dass sie jetzt sofort wegmüsse. Dabei sah sie nicht aus wie jemand, der gleich aus dem Haus muss.

Wir gingen wieder. Mama war unfreundlich zu mir. Sicher hatte sie Grund dazu. Sie ermahnte mich, in der Predigtdienstschule besser darauf zu achten, wie die Brüder und Schwestern ihre Einleitungen machen und welche Fehler man vermeiden muss.

Danach besuchten wir eine Frau, die uns letztes Mal erzählt hatte, dass sie in Scheidung lebe. Sie hatte ihren Mann *hinausgeworfen* – ihre eigenen Worte –, und wir hatten gefühlt, dass da in ihrem Herzen eine Leere war, die unsere Botschaft aufgesogen hatte. Auch Schriften hatte sie uns abgenommen.

Deshalb war Mama optimistisch. Das sei ein Fall für sie, sagte sie, und ich solle mich erst mal raushalten. Sie wolle mit dem Thema *Ungerechtigkeit und Leid* beginnen.

Es kam aber gar nicht dazu. Denn der Mann war zurückgekommen. Er schob seine Frau von der Tür weg und meinte, er könne das besser. Er schaute uns eisig an und sagte, wir sollten ihn und seine Familie mit unserem Gesabbere verschonen. Dann knallte er die Tür zu.

Mama sagte zu mir: »Ich fürchte, dieser Mensch ist verloren. Er gehört zu Satans böser Welt und wird bald Staub lecken.«

Sonst hatten mich solche Erlebnisse immer schrecklich deprimiert. Obwohl das natürlich falsch war. Denn dass die Welt so böse wird, ist ja ein Zeichen des nahenden Endes, und wir, die wahren Christen, können uns darüber nur freuen, denn danach kommt das Paradies auf Erden.

Ich vergaß diesmal den Mann sogleich. Mein Kopf war voll von einer Unruhe, die ganz andere Ursachen hatte.

Mama notierte sich alles, was der Mann gesagt hatte. Sie prägte sich seinen Wagen ein und nahm sich vor, noch einen Versuch zu machen und wiederzukommen, wenn das Auto nicht dastehen würde. Vielleicht am Vormittag.

Danach läuteten wir noch an einigen fremden Türen. Ich ließ Mama reden, denn ich wusste, dass ich die Sache nur verderben würde.

Als wir nach Hause fuhren, machte sie mir Vorwürfe. Es sei meine Schuld, wenn ich für Jehovas Werk zu müde sei, ich nehme die Schule viel zu wichtig, anstatt meinem Hauptziel zu leben, nämlich dem Dienst für Jehova.

Das war ziemlich unfair und sie musste es eigentlich wissen. Aber ich schwieg. Ich war ihr Respekt schuldig, weil sie meine Mutter und außerdem eine eifrige Verkünderin der Wahrheit ist.

Ich schwieg aber auch deshalb, weil ich zugelassen hatte, dass Satan mich versuchte.

Wir trafen kurz vor Papa und Johannes zu Hause ein. Mama war jetzt auch müde. Man sah ihr ihre fast fünfzig Jahre wirklich an. Sie schimpfte mit Rebekka, die vergessen hatte, den Tisch zu decken und das Wasser für den Tee aufzusetzen.

»Hast du wenigstens das Versammlungsbuch studiert?«, wollte sie wissen, während sie in der Küche herumfuhr.

Rebekka bejahte.

Mama wollte die Notizen sehen. Aber Rebekka hatte keine. Die Antworten seien in ihrem Kopf, sagte sie.

Da flippte Mama aus. So groß sei ihr Kopf noch nicht, schrie sie, dass da alle Antworten Platz hätten.

Rebekka schaute mich an. »Aber Esther macht sich auch keine Notizen.«

»Esther ist siebzehn und du bist acht, glaubst du, da ist kein Unterschied? Außerdem lässt du es an Respekt fehlen. Ich muss es Papa berichten.«

Rebekka fing zu weinen an. Sie tat mir furchtbar leid. Ich war plötzlich für eine Sekunde acht Jahre alt, stand in der Küche und hatte vergessen, das Kapitel im Versammlungsbuch zu lesen. Ich wusste, wie man sich fühlt. (Wenn ich auch nie geweint hatte. Der Typ bin ich nicht.)

Rebekkas Geplärre ging mir auf die Nerven. »Hör endlich auf«, sagte ich gereizt, »Jehova Gott will frohe Zeugen, schäm dich!«

Komisch ist das. Automatisch kommen mir bei Rebekka immer die Worte in den Mund, die ich selbst oft zu hören gekriegt habe, aber gleichzeitig tut sie mir leid.

Papa und Johannes trafen zum Glück erst ein, als der Tisch schon gedeckt war. Ihr Zug hatte fünf Minuten Verspätung gehabt. Papa machte ein Gesicht, als hätte er Kopfweh. Und so war es auch. Rebekkas Verhalten, sagte er, mache ihm noch mehr Kopfweh.

Sie wollte schon wieder zu heulen anfangen, da erzählte Johannes, dass er im Zug Gelegenheit gehabt habe, Zeugnis zu geben.

Rebekka war sogleich vergessen. Johannes musste berichten.

Johannes ist schon getauft, obwohl er ein Jahr jünger ist als ich. Es war seine eigene Entscheidung und wir alle waren sehr stolz auf ihn. Überhaupt kann man auf ihn nur stolz sein. Denn er ist ein eifriger Verkündiger und wird sicher noch in jungen Jahren Versammlungsältester werden.

Im Zug sitzt er nie neben Papa. Um informell Zeugnis geben zu können, muss man alleine sein, so dass sich jemand neben einen setzen kann. Er geht in ein Nichtraucherabteil (Papa sitzt natürlich auch in einem Nichtraucherabteil), weil er dort eher die Chance sieht, Menschen guten Willens zu finden; Raucher, sagt er, haben sich schon Satan ausgeliefert und sind ihm nur schwer wieder zu entreißen.

Wir mussten uns mit dem Essen beeilen. Denn um 19 Uhr war Versammlungsbuchstudium im Haus von Bruder Mayr in Imsingen. Bruder Mayr ist ein Ältester unserer Versammlung. Er leitet das Mittwochsstudium, indem er zu den einzelnen Kapiteln des Versammlungsbuches die Fragen stellt.

Während der kurzen Fahrt betete ich zu Jehova um die Kraft der Konzentration. Denn ich wollte meinen Fehler beim Predigtdienst wiedergutmachen.

Und ich erhielt *Kraft, die über das Normale hinausgeht,* wie es im zweiten Brief an die Korinther heißt, ich meldete mich ständig zu Wort, durch Beteiligung gab ich Satan keine Chance, sich in meine Gedanken zu schleichen. Außerdem wirkte ich dadurch als Vorbild für Rebekka, die sich nun für nächstes Mal bestimmt besser vorbereiten wird.

Meine Eltern waren zufrieden mit mir. Nur Johannes, der die Texte hatte vorlesen dürfen, äußerte während der Heimfahrt die Befürchtung, dass ich mich vielleicht zu sehr hervorgetan haben könnte. Aber Mama sagte, wenn ich dabei demütigen Herzens gewesen sei, dann sei das schon in Ordnung gewesen.

Rebekka schlief neben mir in ihrem Bett, während ich versuchte, meine Hausaufgaben zu machen. Sie war schon in Bruder Mayrs Wohnzimmer ab und zu gegen meinen Arm gesunken, hatte sich aber jedes Mal erschrocken wieder aufgerichtet. Eine große Zärtlichkeit ergriff mich, als ich sie im Schlaf betrachtete. Sie sah so klein und schutzbedürftig und lieb aus. Ich bekam Lust, sie in den Arm zu nehmen.

Aber stattdessen strich ich nur mit dem Finger ganz leicht über ihr Gesicht. Es fühlte sich warm und samtig an. Die Wimpern lagen dicht und dunkel an der Wangenwölbung, wie zwei makellose kleine Fächer. Solche Wimpern habe ich auch. Sie können nicht von Papa oder Mama stammen. Aber Ruth, Mamas Schwester, hatte sie.

Ich ertappte mich bei dem Wunsch, dass Gilbert meine Wimpern gefallen möchten. Für einen Sekundenbruchteil war Rebekkas Gesicht mein Gesicht und Gilbert blickte zärtlich darauf nieder. Er streckte schon die Hand aus, um mich zu berühren.

Da war sie wieder, Satans Versuchung. Jetzt wusste ich sicher, dass er es war, der mir solche Wünsche eingab, von Jehova Gott konnten sie nicht kommen, es waren weltliche, sündige Gedanken. Ich riss mich davon los, bat Jehova um Verzeihung und versprach ihm, dass ich jetzt nur noch an meine Hausaufgaben denken wollte.

Aber ich muss es wohl nicht genügend gewollt haben, denn er versagte mir seinen Beistand. Mathematik und Chemie schaffte ich gerade so, doch im Biologiebuch las ich umsonst, die Informationen drangen nicht in meinen Kopf.

Ich machte das, was die Ältesten uns raten, wenn wir Satans Angriffen ausgesetzt sind: Ich las in der Bibel. Darüber hoffte ich einzuschlafen. Meinen Wecker hatte ich auf fünf Uhr gestellt, am frühen Morgen würde ich wieder klar im Kopf sein und lernen können, nahm ich an.

Aber es war nicht so. Ich wälzte mich stundenlang in meinem Bett. Ich dachte an Gilbert und an die Sünde der Verabredung. Einmal sprang ich auf, weil ich mich zu erinnern glaubte, dass es vom Verbot, mit Menschen von Satans böser Welt zu verkehren, eine Ausnahme gibt. Die eine große Ausnahme ist natürlich der Predigtdienst, aber an den dachte ich nicht. Ich erinnerte mich an etwas anderes.

Und dann fand ich es in der Schrift *Jehovas Zeugen und die Schule*. Unter der Überschrift *Von der Welt getrennt* stand: *Jesus sagte deutlich, dass das Getrenntsein von der Welt ein auffallendes Merkmal seiner Jünger sein werde. »Sie sind kein Teil der Welt«, sagte er. In Übereinstimmung mit diesem Grundsatz bemühen sich Jehovas Zeugen, »kein Teil der Welt« zu sein.*

Und jetzt kam es: *Das bedeutet natürlich nicht, dass wir es befürworten würden, Einsiedler zu werden und uns von allen anderen Menschen abzusondern. Wir sind aufrichtig am Wohl anderer in unserer Umgebung, auch in der Schule, interessiert.*

Das war es! Ich hatte mich richtig erinnert. Nach diesem Wort unserer leitenden Körperschaft durfte ich mich um Gilberts Wohl kümmern.

Und hatte ich vielleicht jemals seinen forschenden oder

spöttischen Blicken nachgegeben? Hatte ich mich ein einziges Mal auf ein Gespräch mit ihm eingelassen, in dem es nicht um den Unterricht ging? Nein, das hatte ich nicht. Ich war Jehovas Gebot treu geblieben. Obwohl es manchmal sehr, sehr schwer gewesen war, ihm zu gehorchen, denn Gilbert zieht mich an wie ein Magnet.

Erst an diesem Mittwoch, als er abgehetzt in der Englischstunde erschienen war und einen bekümmerten, ja, gequälten Eindruck gemacht hatte, da hatte ich nachgegeben und ihn teilnehmend angeschaut. Ich hatte ein großes Unglück hinter seiner Miene vermutet und vermute es noch, vor allem, weil er mit keinem darüber geredet hat.

Wir sind aufrichtig am Wohl anderer in unserer Umgebung, auch in der Schule, interessiert.

Ich sagte mir den Satz wiederholt vor und prüfte meine Aufrichtigkeit. Ich erkannte, dass ich mich wirklich für Gilbert interessierte und dass ich ihn in seinem Unglück trösten wollte.

Dann kamen mir aber wieder Zweifel: Ob nicht Satan versuchte, mich in Sicherheit zu wiegen? Ob nicht mein wahres Interesse ganz anderer Natur war? Oder warum sollte ich Herzrasen und feuchte Hände bekommen, nur weil ich jemanden trösten wollte? Das passte doch nicht zusammen!

Ich wusste plötzlich, dass ich mit meinen Eltern darüber sprechen musste. Sollten sie keinen Rat wissen, würden sie einen Ältesten fragen. Mein Vater ist zwar auch ein Ältester, aber in Dingen, die die eigene Familie betreffen, haben die außenstehenden Brüder den klareren Blick, heißt es. Das war auch bei Ruth so gewesen.

Ich stellte mir vor, was man mir antworten würde. Sicher

würde man mir nicht verbieten, mich für Gilberts Unglück zu interessieren. Ich werde mit ihm sprechen dürfen – aber ganz gewiss nicht im Pettenbachpark! Oder höchstens in Begleitung eines Glaubensbruders oder einer Glaubensschwester.

Ich würde am Freitag zur fünften Stunde jemanden dorthin bestellen müssen. Das war die einzige Möglichkeit, mein Wort zu halten und gleichzeitig nicht zu sündigen.

Ich stellte mir die Situation vor. Aus Gilberts Sicht völlig absurd!

Die ganze Nacht wälzte ich mich hin und her, ohne zu einer Entscheidung zu gelangen. Am Morgen lernte ich notdürftig Biologie. Dann wollte ich Jehova gnädig stimmen, indem ich die Bluse anzog, die Mama so gern an mir mag. Aber ich blickte auf mein Spiegelbild – aus Gilberts Augen. Da wurde ich rot vor Verlegenheit und Zorn. Ich riss die Bluse wieder herunter. Ich konnte mich ja bestrafen und sie am Sonntag anziehen, wenn wir alle uns im Königreichssaal treffen würden, oder nicht?

Beim Frühstück war mir übel.

Mama nahm das zum Anlass, sich wieder mal darüber aufzuregen, dass ich unbedingt Abitur machen will.

»Wir sind am Ende der Tage und du vergeudest deine Zeit mit unnützen Beschäftigungen«, sagte sie. »Kannst du nicht längst alles, was die Schule dir an Vorbereitung für den Königreichsdienst geben kann? Und für einen guten Beruf? Johannes war vernünftig, er hat seine Lehre angefangen. Warum haben wir dir nur immer nachgegeben?«

Ich schwieg. Mir war nicht danach, zu antworten.

Mama murmelte vor sich hin: »Jehova bestraft mich für meine Eitelkeit.«

19

Ich wusste, was sie meinte. Sie war so stolz auf meine guten Noten gewesen, dass sie und Papa sich von meiner Grundschullehrerin haben überreden lassen, mich aufs Gymnasium zu schicken. Inzwischen tut es ihr längst leid. Oder ist sie nur Papas Sprachrohr, so wie Papa in der Versammlung das Sprachrohr der leitenden Körperschaft ist und so wie die leitende Körperschaft das Sprachrohr Jehovas ist?

Somit kämen alle Rügen von Jehova Gott über eine Kette von Menschen zu mir. Gleichzeitig fühle ich sie aber auch direkt in mir. Bedeutet das nun, dass Gott zu mir spricht, oder bedeutet es, dass ich oft genug sein Sprachrohr vernommen habe?

Ich spüre jedenfalls mit Sicherheit, dass es verkehrt ist, sich weltliche Weisheit anzueignen anstatt der höheren Weisheit Gottes, und dass ich Jehova die Zeit stehle, die ich nutzen könnte, um seiner Organisation möglichst viele Menschen guten Willens zuzuführen. Im Gebet sage ich Jehova, dass ich später die versäumte Zeit hereinholen will; ich will für ihn Schafe aus Akademikerkreisen sammeln, und das kann ich besser, wenn ich vorher selbst studiert habe.

Meine Eltern begreifen das nicht.

Aber mir wird es bei jeder Zusammenkunft ein dringenderes Bedürfnis. Denn in unserer Versammlung gibt es – auch wenn der ganze Königreichssaal voll ist – keinen einzigen *gebildeten* Menschen. Ich weiß, das hört sich furchtbar überheblich an, und ich weiß auch, dass vor Jehova alle Menschen seiner Organisation gleich sind, aber ich *sehne* mich nach interessanten Leuten in der Glaubensgemeinschaft.

Das verschweige ich meinen Eltern. Sie würden mich bestimmt missverstehen und mir mit Jakobus, viertes Kapitel, sechster Vers antworten: *Gott widersteht den Hochmütigen, den Demütigen aber erweist er unverdiente Güte.* Oder sie würden aus den Sprüchen zitieren: *Stolz geht einem Sturz voraus und ein hochmütiger Geist dem Straucheln.* Oder sie würden mir wieder einmal sagen, dass Satan der Erste war, der zuließ, dass sein Herz aufgrund von Selbstüberschätzung verderbt wurde. Sie würden sich große Sorgen um mich machen, weil Satans Zugriff besonders an höheren Schulen und an Universitäten spürbar ist.

Auf dem Weg zum Schulbus war ich so in Gedanken, dass ich Opa und Oma Kuskes Auto am Straßenrand erst in letzter Sekunde erkannte und gerade eben noch die Augen abwenden konnte.

Gilbert war vor mir im Englischraum und erwartete mich schon mit seinem Blick. Ich merkte, wie ich rot und fahrig wurde. Es war nicht möglich, ihn *niemals* anzuschauen. So verbrachte ich die Stunde in großem Aufruhr. Es kostete mich ungeheure Mühe, Herrn Lemmers Worten zu folgen. Auch war ich ständig versucht, zur Seitentafel zu schielen. Denn dort musste etwas stehen, das Gilbert faszinierte.

Als ich es nicht mehr aushielt, bückte ich mich, um in meiner Tasche zu kramen. Beim Hochschauen streifte ich wie zufällig die Seitentafel.

Nicht zufällig genug. Denn Gilbert bemerkte es, er lächelte mich ganz leicht an, es war nur so ein kleines Vertiefen der Mundwinkel. Aber es ging mir durch Mark und Bein.

An der Seitentafel stand: MORGEN FÜNFTE STUNDE. NICHT VERGESSEN.

Gilbert

Hab das noch nie zuvor geschafft, cool zu bleiben, wenn sie mich anstänkerten. Hab immer zurückgebrüllt. Mit dem Ergebnis, dass wir eine Woche lang Krieg hatten, mindestens. So lange jedenfalls, bis einer von uns mit der weißen Fahne ankam, meistens Mom, weil sie die schwächsten Nerven hat.

Am Mittwoch aber war ich so gut drauf, dass sie mich gar nicht heißmachen konnten. Normalerweise hätte ich geschrien: Dein Scheiß-BMW, der ist ja das Einzige, was für dich zählt, und wenn sie mich im schwarzen Kombi weggebracht hätten, dann hättest du auch nur um deine Kiste gejammert!

Ich sagte es nicht. Immerhin hatte ich sein Spielzeug beschädigt und eine Menge Kosten verursacht. Ich gab das gleich zu und schlug ihnen vor, mir mein Taschengeld auf ein Minimum zu reduzieren. Es entstehen ja noch weitere Ausgaben für meine Nachschulung, das wissen sie nur noch nicht, aber so ist es bei Führerschein auf Probe.

Früher hätte ich auch geschrien: Das kann doch jedem passieren!

Aber diesmal nahm ich gleich alle Schuld auf mich und sagte, ich wäre einen Moment lang unaufmerksam gewesen.

Normalerweise nenne ich einen Trottel einen Trottel, und wer bei Gelb schlagartig die Bremse tritt, ist einer. Mein Vordermann hatte bei Gelb schlagartig die Bremse getreten. Ich erwähnte das in bescheidenen Worten.

Danach schlug ich vier Wochen Disco- und Kneipenverbot vor, womit ich ihre Handgranaten entschärfte. Ich hab sowieso momentan keine Lust auf irgendwelche Typen in Discos und Kneipen. Aber das brauchen sie nicht zu wissen.

Wir gingen relativ friedlich auseinander, Mom konnte die weiße Fahne im Ärmel lassen.

Sie sahen nicht, dass ich in meinem Zimmer eine Flanke über den Sessel machte. Danach schmiss ich mich auf mein Bett und zauberte Esther herbei. Ich musste nur die Augen schließen, schon saß sie in besagtem Sessel. Ich probierte, sie ins Bett zu holen.

Als das nicht ging, machte ich mich daran, ernsthaft nachzudenken.

Entweder etwas stimmt nicht mit mir oder ich mache eine Zeitreise zurück in die Pubertät oder ... Oder es handelt sich um SIE. SIE, das ist – na, eben SIE. Die große Liebe eben oder so was. Die Frau, von der man träumt.

Ich ertappte mich dabei, dass ich vollkommen zufrieden damit war, sie im Sessel zu wissen. So wie ich seit Wochen jeden kleinsten Blick von ihr dankbar gesammelt hatte. Wie ein Zwölfjähriger. Und richtig kindisch freute ich mich darauf, sie im Park zu treffen. Wenn sie kommen würde. An dieser Stelle kriegte ich Herzklopfen vor Unruhe. Aber dann sagte ich mir, ein Mädchen wie Esther tut, was sie versprochen hat, ein Mädchen wie Esther vergisst so etwas nicht.

An unserer Schule weiß man, wer mit wem wie lange zusammen ist, wer mit wem was anfängt oder aufhört, wer hoffnungslos schüchtern oder hoffnungslos hässlich ist und so weiter. Vor allem weiß man, welches Mädchen leicht zu haben ist. So etwas spricht sich ganz schnell rum.

Von Esther nun hab ich noch nie reden hören, weder im einen noch im anderen Sinn, ganz so, als hätte sie nie existiert. Sie ist übrigens ein hübsches Mädchen. Man sieht das erst auf den zweiten oder dritten Blick, weil sie nämlich gar nichts aus sich macht. Keine Schminke und kein Modeschmuck, keine künstliche Haarfarbe und keine besondere Frisur, kein Minirock und keine hautengen Jeans und keine durchsichtigen Hemden.

Aber wenn man sie erst einmal bemerkt hat, sieht man ihre gute Figur, ihren geraden Gang, ihre braunen, kinnlangen Haare, die bei der kleinsten Bewegung wippen – und ihre gesenkten Wimpern können einen glatt verrückt machen.

Wie oft hab ich dorthin geschielt und mir gewünscht, sie sollte meinen Blick zurückgeben; als es dann passierte, am Mittwoch in der Englischstunde, als sie mich sogar völlig unerwartet so richtig anschaute, da war das ein Gefühl, als ginge mitten in der Nacht die Sonne auf.

Es hat mich erwischt.

Eigentlich hätte ich es spätestens da merken müssen, als ich die Leute aus ihrer ehemaligen Klasse nach ihr aushorchen wollte: Ich setzte zu fragen an, aber es kam kein Ton über meine Lippen.

Am Donnerstag spannte sich unsichtbar ein Faden zwischen uns, der vibrierte und knisterte. Ich bin sicher, dass sie es auch fühlte.

Es fiel mir nicht schwer, abends wieder zu Hause zu bleiben. Ich holte sie in Gedanken in mein Zimmer, platzierte sie im Sessel und fragte sie, ob ich zwei federleichte Küsse auf ihre Wimpern drücken dürfte. Als das geschehen war, wollte ich wissen, wie sie es anstellte, von Zeit zu Zeit unsichtbar zu sein. Zum Beispiel kann ich mich nicht daran erinnern, sie bemerkt zu haben, als wir die Kollegstufensprecher wählten. Auch auf keiner Weihnachtsfeier und bei keinem Theaterabend ist sie mir begegnet. Und dann fiel mir auch noch der

Tanzkurs ein und all die SMV-Bälle: Esther ist nie dabei gewesen. Nur auf dem Flur, im Treppenhaus und auf dem Pausenhof hab ich sie manchmal gesehen, seit wie vielen Jahren, weiß ich nicht.

Sie lächelte rätselhaft. Da sie nur eine Projektion war, konnte sie keine Antwort geben, die ich nicht gekannt hätte. Es war zum Verrücktwerden. Aber nur noch ein Tag, dann würde ich mehr wissen.

Sie kam durch den Park auf mich zu und sah aus, als würde sie alle Bäume zählen. Ich sprang auf und ging ihr entgegen. Dann wurden wir immer langsamer, und als sie stehen blieb, musste ich notgedrungen auch stehen bleiben. Ein Elefant hätte locker zwischen uns Platz gefunden.

So ging das nicht. Wir waren zwei halbwegs erwachsene Menschen, oder?

Sie schaute sich um, als würde sie verfolgt. Dabei war um diese Zeit kein Mensch im Park. Keiner außer uns, meine ich.

»Da bin ich«, sagte sie, ohne zu lächeln.

Ich schluckte und nickte. Als ich einen Fuß nach vorn schob, machte sie einen Schritt nach hinten. So würden wir nie zusammenkommen. Da fiel mir etwas ein, eine Pantomime, mit der ich letztes Jahr im Schultheater ziemlich erfolgreich war. Ich machte ein konzentriertes Gesicht und tastete mit flachen Händen eine unsichtbare Wand vor mir ab. Obwohl ich den Blick auf die Wand vor meiner Nase gerichtet hielt, bemerkte ich, dass Esther stutzte. Dann begriff sie. Sie lächelte sogar, als ich mir die Stirn anstieß.

Schließlich fand ich die Tür, öffnete sie, ging hindurch und ergriff Esthers Hand. »Vorsicht, die Schwelle«, sagte ich.

Sie war so verblüfft, dass sie sich mitziehen ließ.

Zur Bank, auf der ich gesessen hatte, war es nicht weit. Aber als ich sie erreicht hatte, entriss sie mir ihre Hand und zischte: »Wer bist du?«

Das überraschte mich einigermaßen. »Gilbert Wink, K12«, sagte ich. »Sind wir uns nicht schon mal begegnet?«

Sie setzte sich vorsichtig ans andere Ende der Bank und atmete sichtbar. Dann wischte sie sich über die Stirn und sagte: »Du hast merkwürdige Tricks, weißt du.«

»Meine Mutter bringe ich damit immer zum Lachen, egal wie grantig sie ist.«

»Du machst das bei deiner Mutter?«

»Warum nicht. Wenn sie davon lustig wird ...«

Da fing sie an zu lachen und konnte gar nicht mehr aufhören.

Ich erinnerte mich zwar nicht, extra witzig gewesen zu sein. Aber Esther reagierte eben nie normal. Jedenfalls war ich froh, dass sie lachte, anstatt davonzulaufen. Irgendwie wurde ich das Gefühl nicht los, dass sie am liebsten die Fliege gemacht hätte. Mitten im Lachen fing sie nämlich wieder an, die Bäume zu zählen.

»Erwartest du eigentlich noch jemand?«, erkundigte ich mich.

»Nein!« Sie schaute mich erschrocken an.

»Du siehst aus, als wenn du ..., als wenn du auf Glasscherben sitzen würdest.«

»Ich ..., ähh«, sie senkte diese unglaublichen Wimpernfächer über die Wangen, »ich sitze auf Glasscherben.«

»Wie bitte?«

»Ja. Ich darf nicht hier sein. Nicht mit dir.«

»Wieso nicht?«

Sie schaute auf. »Ich bin Zeugin Jehovas«, sagte sie steif.

Ich starrte sie an. Das war also ihr Geheimnis. Jeder aus ihrer Klasse hätte es mir sagen können, natürlich. Zeugen Jehovas, das waren doch diese komischen Leutchen, die von Tür zu Tür gingen, lächelten, komisches Zeug redeten, die auch stumm wie Standbilder in der Fußgängerzone komische Heftchen hochhielten ...

Ich konnte beim besten Willen keine Verbindung zwischen ihnen und Esther herstellen. »Du siehst überhaupt nicht so aus«, entfuhr es mir.

»Ja? Wie müsste ich denn aussehen, deiner Meinung nach?«

Komisch, dachte ich. Aber das sagte ich natürlich nicht. Ich zuckte nur mit den Achseln.

Für sie mag es wie Geringschätzung ausgesehen haben. Denn sie sagte aggressiv: »Wir sind bedeutender, als du auch nur ahnen kannst! Wir sind eine internationale Bruderschaft von über sechs Millionen aktiven Zeugen! Und zum Gedächtnismahl kommen außerdem unzählige Menschen guten Will..., Sympathisanten!«

Ich war beeindruckt. Hauptsächlich vom Blitzen ihrer Augen. »International?«, sagte ich.

»Ja! Unser Hauptbüro ist in New York, wir verbreiten die auflagenstärkste Zeitschrift der Welt, jeden Monat, in 121 Sprachen ...«

Meinte sie etwa dieses Käseblättchen, das die stummen Typen in der Fußgängerzone anbieten und für das sich kein einziger Mensch interessiert? Verflucht sollte ich sein, wenn ich die Frage riskierte. Mich beunruhigte sowieso etwas anderes.

Ich unterbrach sie: »Das ist ja alles großartig. Aber was hat es mit unserem niedlichen Pettenbachpark zu tun? Wieso darfst du nicht hier sein?«

»Hier sein schon. Aber nicht mit dir. Oder jedenfalls nicht mit dir allein.«

»Ach ja? Bin ich ein Sittenstrolch oder ein Massenmörder oder was?«

»Du bist ... von der Welt.«

Das war ja interessant. Und von wo war sie? Also doch vom Mond, oder?

Sie fügte leise hinzu: »Von der *bösen Welt* Satans.«

Ich hatte wohl nicht recht gehört? Das gab's doch gar nicht, nicht mehr jedenfalls seit den finsteren Tagen des Mittelalters! Das begehrenswerteste Mädchen ganz Pettensteins saß neben mir und redete von – der bösen Welt Satans!

»Und du?«, sagte ich aufgebracht.

Sie schaute mich aus unglaublichen Augen an. »Ich gehöre zu Gottes Organisation.«

Ich schüttelte stumm den Kopf. Das sollte begreifen, wer konnte. Da hockten wir nun allein im Park, die Sonne schickte Lichtblitze durchs Oktoberlaub, und wir waren, wie's schien, weiter voneinander entfernt, als wenn sie auf der anderen Seite der Erdkugel gesessen hätte. Wenn ich nicht aufpasste, würde sie sich gleich entmaterialisieren – oder davonlaufen, was aufs Gleiche rauskam. Und nie wiederkommen, natürlich.

Ich hätte es nicht ertragen. Bei jeder anderen hätte ich gedacht: Na und? Soll sie einen Abgang machen, ich bin nicht auf sie angewiesen, Mädels gibt's genug und so weiter.

Aber Esther gab's eben nur einmal. Auch wenn zwischen

uns eine unsichtbare Wand war, bei der ich meinen Trick nicht anwenden konnte. Eine verdammt massive Wand. Vielleicht konnte man sie niederreden.

»Erzähl mir mehr davon«, sagte ich.

Esther Ich hab lange stumm dagesessen und ihn angeschaut und wieder weggeschaut, in den Park hinein. Ich hatte keine solch schreckliche Angst mehr, dass ein Bruder oder eine Schwester mich sehen und es der Versammlung melden könnte, was unabsehbare Folgen hätte.

Denn auf einmal glaubte ich, auf Jehovas gerechtem Weg zu wandeln. Hatte nicht ein Aufseher kürzlich davon gesprochen, dass wir Jehovas Königreich bis an die Grenzen der Erde verkünden müssen, und wenn ein Mensch guten Willens auf einer kleinen Insel lebt, müssen wir ihn eben mit dem Boot erreichen?

Hier saß ein Mensch guten Willens in einem Park. Ich brauchte nicht mal ein Boot, um ihn zu erreichen. Es war eine Gelegenheit, informell Zeugnis zu geben.

Wir haben zwei Möglichkeiten, Zeugnis zu geben: informell oder im Predigtdienst.

Zum Predigtdienst gehen wir meistens zu zweit. Wir nennen das auch Tür-zu-Tür-Verkündigung. Dabei wenden wir alles an, was wir jede Woche in der Predigtdienstschule lernen. Also, wie man ein Gespräch beginnen kann, zum Beispiel mit der Frage: *Machen Sie sich auch Gedanken über die zunehmende Bedrohung unseres Lebens?* Oder was man sagt, wenn jemand einen gleich abwimmeln will. Viele Leute gebrauchen die Ausrede: *Ich hab jetzt keine Zeit.* Darauf gibt es acht geeignete Antworten, um das Gespräch trotzdem fortzusetzen. Wir lernen alle Antworten in der Predigtdienstschule auswendig.

Außer der Tür-zu-Tür-Verkündigung sollen wir aber auch informell Zeugnis geben, das heißt, bei allen sich bietenden Gelegenheiten. Im *Wachtturm* stehen oft Beispiele dazu.

Auch Schüler werden ermahnt, immer wenn es möglich ist, in der Schule Zeugnis zu geben. Das ist ziemlich hart, denn man wird da leicht verspottet. Ich hab's wirklich probiert, am Anfang, und meine Eltern waren ganz stolz über meinen Mut. Ich hab schon in der ersten Klasse gesagt, dass man Weihnachten nicht feiern darf, dass es ein heidnischer Brauch ist. Dass wir in Wirklichkeit gar nicht wissen, an welchem Tag Jesus geboren wurde, und dass er sowieso keine Geburtstagsfeier wollte.

Ich weiß noch, wie mich die anderen anglotzten. Ich durfte dann jeden Morgen, wenn die Klasse Kerzen anzündete und eine Adventsgeschichte hörte, auf dem Flur warten, bis der eigentliche Unterricht begann. Das war auch nicht gerade toll.

Und weil ich nie auf eine Geburtstagsparty ging und auch nie jemanden einladen durfte, hieß es bald: *Das ist die Jehova. Die darf nicht. Die ist komisch.*

Die anderen Kinder malten für ihre Mütter Blumensträuße zum Muttertag und schrieben Gedichtchen auf. Ich schaute zu. Meine Mutter hatte mich nämlich rechtzeitig darauf vorbereitet. Dabei hätte ich ihr auch gerne so ein Ding gemalt. Aber es ging eben nicht, weil der Muttertag ein heidnisches Fest ist.

Jeden Morgen, wenn vor dem Unterricht ein Gebet gesprochen oder ein Lied gesungen wurde, durfte ich sitzen bleiben oder so lange das Klassenzimmer verlassen. Am Anfang ging ich hinaus, weil meine Eltern das wünschten. Später hatte die Lehrerin ein Gespräch mit ihnen, von da an blieb ich sitzen. Das war auch nicht angenehm. Aber es war besser, als hinauszugehen.

Von Religion war ich befreit.

Bei Klassensprecherwahlen gab ich jedes Mal Zeugnis, indem ich sagte: »Ich mache nicht mit. Jesus hat sich auch nicht politisch betätigt.«

Es war nicht schön, als Einzige immer anders zu sein als alle anderen; aber ich denke, es hat meinen Mut gefördert. So sagen auch die Versammlungsältesten. Wenn ich klagte, dass man mich verspottete und mich nicht leiden konnte, antwortete man mir mit dem Jesuswort aus dem Johannesevangelium: *Wenn sie mich verfolgt haben, werden sie auch euch verfolgen.* Oder mit dem Jesuswort, das Matthäus aufgezeichnet hat: *Glücklich seid ihr, wenn man euch schmäht und euch verfolgt und lügnerisch allerlei Böses gegen euch redet um meinetwillen. Freut euch und springt vor Freude, da euer Lohn groß ist in den Himmeln.*

Nun, ich nahm die Ermahnungen an. Aber ich habe es bis heute nicht geschafft, vor Freude zu springen, wenn man hinter meinem Rücken auf mich zeigt. Oder wenn man mich beleidigend von einer Haustür weist. Oder, oder, oder.

Im Gymnasium verhielt ich mich unauffälliger als in der Grundschule. Klar, jeder in der Klasse wusste ziemlich bald, dass ich als Zeugin Jehovas von Religion befreit war und weder an Festen noch an Gebeten, noch an Klassensprecherwahlen teilnahm; aber ich tat mich darüber hinaus nicht durch Zeugnisgeben hervor.

Ein einziges Mal habe ich noch zu erklären versucht, warum ein guter Christ keinen Geburtstag feiert, danach nie wieder. Ich wurde auch nicht mehr eingeladen, und niemand kam zu mir nach Hause, weil meine Eltern nicht wünschten, dass ich Umgang mit Ungläubigen hatte und mich am Ende beeinflussen ließ. Sie empfanden es schon als schlimm, dass sie nicht wussten, was ich in der Schule trieb. Ich musste jeden Tag erzählen, erzählen, erzählen. Als wir Sexualkundeunterricht hatten, ging meine Mutter in die Schule und sagte der Biologielehrerin, dass sie diesen Stoff für mich nicht wünschte. Das war mir sehr peinlich. Aber meine Mutter wurde nachträglich in ihrem Verhalten bestätigt. Denn eine andere Familie unserer Versammlung hielt es mit der Erziehung und der Überwachung nicht so genau. Die Tochter ging in die Realschule und durfte dort am Tanzkurs und an Klassenausflügen teilnehmen und sich so aufreizend kleiden, wie sie wollte. Wie nicht anders zu erwarten, kehrte die Tochter später der Versammlung den Rücken und trieb sogar Hurerei mit einem jungen Mann, der nicht zur Gemeinschaft gehört.

Für Mama war das eine Genugtuung. Aber natürlich versagte sie den leidgeprüften Eltern nicht den Trost der Gemeinschaft.

Ich habe in der Schule viele Gespräche gehört, in denen es um Partys und Feten ging. Es wird geraucht und Alkohol getrunken, es werden sogar Drogen genommen. Junge Leute haben schamlosen Umgang miteinander, von Berührungen bis hin zur Hurerei. Ich will da gar nicht teilnehmen. Ich will auch nicht in eine dieser zerrütteten Familien gehören, wo jeder tut, wonach ihm der Sinn steht, und wo am Schluss alles auseinanderfällt.

Als ich mit Gilbert auf der Parkbank saß, dachte ich an all diese Dinge nicht. Ich dachte nur daran, dass ich eigentlich weglaufen sollte. Und dass es nur einen einzigen Grund für mein Bleiben geben durfte, nämlich den, in Gilbert einen Menschen guten Willens zu erkennen, den man vielleicht Jehovas Organisation zuführen konnte.

Dabei hätte mir als Grund genügt, ihn unentwegt anzuschauen. Ich spürte noch immer die Berührung seiner Hand, die mich über eine imaginäre Schwelle gezogen hatte. Im ersten Schreck hatte ich gedacht: Das ist Magie und Teufelswerk. Aber dann hatte ich mich gleich wieder beruhigt. Obwohl man nie wissen kann, welcher Schliche sich Satan bedient.

Oh, wie wünschte ich mir in meinem Innersten, dass er noch einmal die Hand nach mir ausstreckte! Aber je mehr ich es wünschte, desto gründlicher verbarg ich den Wunsch. Vor Jehova Gott, obwohl man nichts vor ihm verbergen kann. Und vor Gilbert. Und vor Satan, falls er es war, der in mir den Wunsch geweckt hatte.

Ich saß an meinem Ende der Bank und schaute Gilbert über meine Schultasche hinweg an, seine Hände, die um das aufgestellte Knie geschlungen waren, seinen Fuß, der wippte, und immer wieder sein Gesicht, das mir zugewandt war. Ich kannte alles an ihm bereits auswendig, denn ich hatte ihn oft betrachtet, wenn er nicht hergeschaut hatte: seine Gesichtszüge, seine nachlässige Kleidung und die dunklen Haare, die immer so aussehen, als hätte sie noch kein Kamm berührt, ein bisschen lockig und irgendwie ohne Frisur.

Unwillkürlich verglich ich ihn mit meinem Bruder Johannes. Mein Bruder Johannes geht zur Christenversammlung und zur Arbeit und zum Predigtdienst immer in Anzug und

Krawatte; solange er zur Schule ging, hat er sich lockerer gekleidet, aber niemals nachlässig. Er hat einen kurzen, gepflegten Haarschnitt wie alle Jungen in unserer Versammlung; er legt Wert darauf, den richtigen Eindruck zu machen, nämlich den eines ausgeglichenen, verantwortungsbewussten Menschen mit hohen moralischen Grundsätzen.

Unser Äußeres verrät, wird uns immer wieder gesagt, wer wir sind und was wir von uns halten. Wenn ich zum Beispiel Jeans in die Versammlung anziehen wollte – was ich schon lange nicht mehr versucht habe –, fragte mich Papa, ob es mein Wunsch sei, mit ungläubigen Jugendlichen gleichgesetzt zu werden. Das war mein Wunsch nicht. Dann sollte ich auch ein dezentes Kleid oder einen unauffälligen Rock tragen, hieß es.

Ich hätte Gilberts Aufmachung tadelnswert finden müssen, seine lässige Kleidung und seine zerzausten Haare hätten mir moralische Verwerflichkeit signalisieren müssen. Aber irgendwie funktionierte das nicht; ich konnte aus seinem Outfit auch nicht mangelnde Beständigkeit ablesen, die schon gar nicht. War er nicht sehr beständig darin gewesen, meine Aufmerksamkeit zu erregen?

Und zeigt nicht ein junger Mann von *tadellosem* Äußeren jeden Freitag und jeden Sonntag, wenn wir uns im Königreichssaal begegnen, dieselbe Eigenschaft, nämlich beständige Aufmerksamkeit? Er macht es nur auf viel feinere, fast unsichtbare Art. Aber ich nehme sie trotzdem wahr. Nur ist es so, dass kein Magnet mich zu ihm zieht, nicht der allerkleinste. Er heißt übrigens Daniel, wird aber nie so genannt, wir gebrauchen in der Versammlung nur die Nachnamen. Ich müsste Daniel, wenn ich je mit ihm reden würde, Bruder

Probst nennen. Aber ich denke gar nicht daran, mit ihm zu reden.

Da ich meinen Wunsch so gründlich verbarg, streckte Gilbert leider seine Hand nicht mehr aus. Aber er sagte: »Erzähl mir mehr davon.«

Wenn uns jemand an der Haustür zum Erzählen auffordert – was so gut wie nie passiert –, ist das ein Anlass zu großer Freude. Es ist, als würde er uns eine warme Hand reichen. Wir erkennen in ihm klar einen Menschen guten Willens, der es wert ist, vor der bevorstehenden Vernichtung bewahrt zu werden.

Für Menschen guten Willens habe ich viele Predigten im Kopf. Aber während ich überlegte, welche für Gilbert passen könnte, merkte ich, dass überhaupt keine passte. Dabei wird uns in der Predigtdienstschule für *jede* Situation guter Rat gegeben.

Ich rang nach den richtigen Worten. Warum brachte er mich so aus der Fassung? Es konnte nur daran liegen, dass eine unerlaubte Verbindung zwischen uns existierte, die mich lähmte. Oder auch daran, dass ich mir völlig abgewöhnt hatte, im Bereich der Schule Zeugnis zu geben.

Er wollte mir helfen: »Wo wohnst du eigentlich?«

Erleichtert sagte ich: »In Hüffeldingen.«

»Ach so! Drum sieht man dich nie in Pettenstein!«

»Doch!«, widersprach ich. »Erstens geh ich hier zur Schule und zweitens bin ich manchmal auch zum Predigtdienst in Pettenstein eingeteilt.«

»Hast aber noch nie an meiner Tür geläutet.«

»Jehova sei Dank!«, entfuhr es mir.

Wir mussten beide lachen.

Ich fühlte mich ein bisschen wohler. Ich erzählte Gilbert, dass ich zwei jüngere Geschwister habe. Dass Johannes sechzehn ist und Rebekka acht. Dass wir ein kleines Eigenheim in Hüffeldingen bewohnen und dass meine Großeltern väterlicherseits aus Pettenstein sind.

Er sagte, dass er auch Pettensteiner sei, und wollte wissen, wie meine Großeltern heißen und wo sie wohnen.

»Schwenda natürlich, wie ich«, sagte ich. »Sie wohnen in der Kreitmayrstraße.«

»Ach, wo's zum Stadion geht? Da hätt ich dich aber wirklich schon treffen müssen! Was denkst du, wie oft ich zum Stadion muss!«

Ich zuckte die Achseln. »Aber ich bin ja nie dort.«

»Wieso?«, sagte er. »Besuchst du deine Großeltern nicht?«

»Niemals«, sagte ich.

»Das ist ... ungewöhnlich, oder?« Er schaute mich neugierig an.

»Nein, warum. Wir haben nichts gemeinsam. Sie sind nicht in der Wahrheit.« Ich sah sein verständnisloses Gesicht und korrigierte mich schnell: »Sie sind keine Zeugen Jehovas. Und wollten es auch nicht werden, obwohl mein Vater und meine Mutter sich große Mühe gegeben haben.«

»Aber an Weihnachten geht ihr doch hin, oder?«

»Weihnachten gibt es für uns nicht«, sagte ich. »Das heißt aber nicht, dass Opa und Oma Schwenda uns nicht besuchen dürften. Sie kommen ein- oder zweimal im Jahr und bringen Geschenke für Johannes, Rebekka und mich mit.« Ich schüttelte den Kopf und lächelte nachsichtig. »Es hat Jahre gedauert, bis sie es aufgegeben haben, an den Geburtstagen kommen zu wollen.«

»Warum, sind sie da etwa unerwünscht?«

»Wir feiern keine Geburtstage. Jesus hat auch nicht Geburtstag gefeiert. Wenn er gewollt hätte, dass wir Geburtstage feiern, würde es in der Bibel stehen.«

»Nicht dein Ernst!«

»Doch«, sagte ich. »Ihr Ungläubigen habt noch nie richtig in der Bibel gelesen. Ich versichere dir, es sind darin nur zwei Geburtstagsfeiern erwähnt, beide finden bei Heiden statt und beide Male fließt Blut.«

Das gab ihm zu denken. Nach einer Weile sagte er langsam: »Soll das bedeuten, dass ihr euch vollkommen nach der Bibel richtet, in allem?«

Ich freute mich, dass er es so schnell begriffen hatte. »Genau«, sagte ich.

»Ha!«, rief er. »Jetzt hab ich dich! Das Einzige, was ich von der Bibel wirklich kenne, ist die Weihnachtsgeschichte, und *die steht drin!* Was sagst du nun?«

»Darauf sage ich nur, dass du deine Technik des Lesens verbessern solltest!«

Ich lachte ihn an. Es machte mir Spaß. Das war ganz anders, als an fremden Haustüren Auswendiggelerntes zu predigen. »Die Weihnachtsgeschichte steht drin, aber an keiner Stelle wird ein Datum erwähnt, und bedenke: Es waren Hirten *auf dem Feld*. Da sind sie im Winter eben nicht! Der 25. Dezember war in Wirklichkeit der Tag der Wintersonnenwende, an ihm feierten die Heiden die Geburt des persischen Sonnengottes! Übrigens sind alle anderen kirchlichen Feiertage auch mit heidnischen Kulten verbunden, deshalb beteiligen wir uns an keinem einzigen.«

»Mann«, sagte er erschlagen. Dann murmelte er: »Kann

mir echt nicht vorstellen, was zum Beispiel an Ostern heidnisch sein soll.«

Ich hätte es ihm leicht erklären können. Aber zufällig fiel mein Blick auf die Uhr an meinem Handgelenk. »Es ist gleich zwölf!«, sagte ich erschrocken.

Gilbert neigte sich vor, wie um mich festzuhalten. »Können wir uns heute Abend sehen?«

Er musste verrückt geworden sein. Hatte er denn gar nichts begriffen? War es nicht schlimm genug, dass ich hierher in den Park gekommen war?

Ich sah ihm in die Augen und merkte, dass er noch immer ahnungslos war. »Ich darf dich nicht treffen«, sagte ich und empfand tiefe Traurigkeit darüber. »Aber wenn du mehr über uns wissen willst, kann ich dir etwas zu lesen geben. Es ist nur eine kleine Schrift.«

Ich öffnete meine Tasche und gab ihm das Heft *Jehovas Zeugen – Menschen aus der Nachbarschaft, wer sind sie?*

»Darfst du behalten«, sagte ich. Dann rannte ich davon.

»Kann ich mit dir reden, wenn ich's gelesen hab?«, rief er mir nach.

»Ja!«, gab ich zurück, ohne zu überlegen.

Erst als ich längst in der sechsten Stunde saß, fiel mir ein, dass ich ihn gar nicht gefragt hatte, was ihn nun eigentlich bedrückte.

Gilbert

Nicht mal meine Oma – und für meine Oma tu ich eine Menge – hätte mich dazu gekriegt, so ein Blättchen zu lesen; mein Vater hätte schon einen ganzen Tag

BMW-Benutzungserlaubnis drauflegen müssen und meine Mutter ein süßes Gesicht bei der Besichtigung meines Zimmers.

Ich las es sofort.

Da das Sekretariat darüber informiert war, dass ich unerträgliche Kopfschmerzen hatte, konnte ich ebenso gut die sechste Stunde dranhängen. Ich blieb sitzen und schaute Esther nach, bis ich sie nicht mehr sehen konnte. Sie hat Beine, denen ich eine Woche lang am Stück hinterhergucken könnte. Der Rock wippte um die Kniekehlen, dass mir schwindlig wurde. Wo kriegst du so was zu sehen – einen Rock, der genau *diese* Länge hat!

Klar, es hat mich wirklich erwischt. Möchte nicht wissen, was meine Kumpels von mir halten würden, wenn sie in meine pubertierende Seele blicken könnten.

Ich las das Ding von vorn bis hinten durch. Danach trat ich tief versunken den Heimweg an.

Ich dachte immer, die Heiligen sind längst ausgestorben! Oder sie sind bloß eine fromme Erfindung der Kalenderhersteller. Jedenfalls wusste ich nicht, dass sie in meiner Nachbarschaft wohnen.

Komischerweise fiel mir die Zeit ein, in der uns der Stadtpfarrer auf die Beichte und auf die Erstkommunion vorbereitet hat; nur damals und später nie wieder hatte ich wirklich gut und brav und lieb sein wollen und gottesfürchtig natürlich. Dasselbe Gefühl beschlich mich nun. Meine Mutter, die im Pfarrgemeinderat und im Kirchenchor ist, hätte ihre wahre Freude an mir gehabt.

Aber sie erfuhr nichts davon.

Meine arme Mutter unterrichtet an der Hauptschule. Am

Freitag müssen sie sie wieder mal fertiggemacht haben. Sie kam jedenfalls nach Hause, hatte Augen wie eine Irre, spazierte durch mein Zimmer, schleuderte mit stöckelbeschuhten Füßen alles, was sie fand, in die Ecke, in der ich meine CDs ohne Hüllen deponierte, riss halb abgelöste Plakate vollends von den Wänden und brüllte mit Schaum vor dem Mund, dass sie noch wahnsinnig werden würde, wenn sie nach einem *solchen* Tag auch noch ein *solches* Zuhause vorfinden müsse.

Nicht nur, dass sie überhaupt nicht daran dachte, in der Küche irgendetwas zu brutzeln, nein, sie musste zum ersten Mal seit Wochen die Sperrzone betreten – die Frau war doch masochistisch!

Und sadistisch dazu, wenn ich die Wirkung auf mich bedenke. Den Teppichboden in meinem Zimmer hab ich noch nie leiden können und jetzt musste ich ihn wieder mal sehen, ich hatte gar nicht mehr gewusst, dass er so grässlich ist.

Als sie eine CD zertrat, rastete ich aus. Ich brüllte zurück, dass sie, verdammt noch mal, in meinem Zimmer nichts verloren hätte und dass sie ihren Scheiß Frust nicht an mir auslassen solle.

Danach hatten wir Krieg. Sie begab sich in ihr Schlafzimmer und ließ das Rollo herab.

Ich ging zu einem Kumpel, bei dem es auch meistens nichts zu essen gibt. Wir trieben zwei weitere Leute auf und fuhren zum nächsten McDonald's. Danach ergab sich noch einiges, so dass ich erst am Samstagmorgen heimkam.

Ich nutzte den Tag nicht wie sonst zum Ausschlafen, sondern schleppte den Staubsauger und einen mittelgroßen Abfallcontainer und den Schmutzwäschekorb in mein Zimmer.

Ganz erstaunlich, welche Dinge da zu Tage kamen! Dinge, von denen ich gar nichts mehr geahnt hatte, ich wurde richtig wehmütig davon.

Als ich nach einem gigantischen Kraftakt fertig war, musste ich nicht mehr beschließen, ein neuer Mensch zu werden, ich war es bereits. Das merkte ich gleich daran, dass ich den Teppichboden gar nicht mehr so grässlich fand.

Ich zog mir eine weiße Kopfkissenhülle über den Arm und wedelte damit zur Wohnzimmertür hinein.

Mom fauchte. Dann kam sie aber doch, um mein Zimmer zu besichtigen. Es kostete sie wahnsinnige Beherrschung, nicht anerkennend zu nicken.

Bei Paps dauerte es länger, bis er auftaute. Genaugesagt geschah es, als Mom und ich vom Chinesen zurückkamen und ein paar dampfende Pakete auf dem Esstisch entfalteten.

Mom natürlich, durchtrieben wie alle Weiber, nützte die Stimmung brutal aus. »Morgen könnten wir doch mal wieder ...«, säuselte sie.

»Neieiein!«, stöhnte ich gequält.

Und Paps sagte: »Lass uns doch einmal in der Woche ausschlafen! Wenn's schon vor lauter Arbeit am Samstag nicht sein kann ...«

Es endete damit, dass wir am Sonntagmorgen *nicht* ausschliefen, sondern zur Kirche marschierten. Wenn der Chor gesungen hätte, wären wir auf die Empore geklettert und hätten Mom mit unserem Gegrinse in Verlegenheit gebracht, aber damit war's diesmal nichts.

Wir kommen vielleicht auf fünf Mal pro Jahr, alles in allem, Weihnachten und Ostern mitgerechnet. Meiner Mutter sind das zu wenig Kirchenbesuche, meinem Vater und mir reichen sie. Aber wie jedes Mal musste ich feststellen, dass die Unternehmung ein irres Familiengefühl erzeugte, das den ganzen Tag lang anhielt.

Am Nachmittag schnappte ich mir Esthers Broschüre und las sie an meinem Schreibtisch noch einmal aufmerksam durch. Ich kritzelte kurze Kommentare auf die Ränder, wie es seit Jahren meine Angewohnheit ist. Alle meine Schulbücher haben solche Hinweise abgekriegt, so dass der nächste Benutzer von vornherein weiß, ob er den Absatz lesen soll oder nicht beziehungsweise was ihn erwartet.

Und so lauteten meine Kommentare zu Esthers Broschüre: *Rührend./ Stimmt./ Ich wollte, ich könnte das auch./ Das ehrt sie./ Hat man schon gehört, ist wirklich tief beeindruckend./ Kann man nur bewundern./ Etwas naiv, schön wär's!/ Gut./ Interessant./ Das glaub ich gern!/ Beeindruckend./ Gut./ Beruhigend./ Hört sich logisch an./ Wenn nur alle Menschen Zeugen wären!/ Kriege schon schlechtes Gewissen!/ Da pass ich hin!/ Gut zu wissen!*

Der Leistungskurs Englisch war bei mir eine Verlegenheitslösung. Ich rage nämlich – außer in Physik – in keinem Fach positiv raus und musste trotzdem zwei Leistungskurse wählen. Auf Englisch kam ich deshalb, weil mir die Texte englischer Songs gut liegen und weil ich keine Mühe hab, die Adventure Games für Computer zu begreifen.

Ich hätte daraus nicht schließen sollen, dass ich auch Spaß am Lemmer haben würde.

Aber jeder macht mal einen Fehler. Sogar die Zeugen Jehovas geben zu, dass sie unvollkommen sind. Wovon ich Esther natürlich ausnehme.

Also, mit dem Spaß am Lemmer ist es jedenfalls nicht weit her. Aber mit meiner Freude darüber, dass wir jeden Tag Englisch haben. Und am Montag gleich in der ersten Stunde!

Ich hatte das Treffen im Park nicht geträumt. Denn Esther ließ im Vorübergehen ein Zettelchen auf meinen Tisch fallen.

Mit Herzklopfen faltete ich es auf. *Gilbert, ich war so egoistisch, nur von mir zu sprechen. Ich habe dich nicht gefragt, warum du so niedergeschlagen bist.*

Ich und niedergeschlagen?

Nun, wenn sie diesen Eindruck von mir brauchte, um den Dialog fortzusetzen: Das konnte sie haben.

Ich unterdrückte jedes Lächeln. Die Folge war, dass unsere Blickwechsel bis an die Grenze meiner Belastbarkeit gingen.

Was sich da abspielte, fiel sogar meinem Nebenmann auf. Er grinste.

»Da gibt's nichts zu grinsen, Alter«, zischte ich ihm zu, »das ist ernst! Du erlaubst, dass ich dich verlasse?« Ich erhob mich mitten in der Stunde und sagte dem Lemmer, dass ich von diesem Platz aus ein Augenproblem hätte. Und wenn Esther Schwenda, die allein an einem Tisch sitze, nichts dagegen habe ...

Der Lemmer nickte gnädig.

Esthers Gesicht färbte sich purpurrot, als ich mich vorsichtig neben ihr niederließ. Oder war das nur der Widerschein der Glühbirne, die auf meinem Hals saß?

Ich verfluchte diese idiotische Körperfunktion und schaute nur noch starr zum Lemmer hin. Fünf Minuten vor Stundenende kritzelte ich auf einen Zettel, dass ich in der Pause im Physiksaal sein würde – Aufräumdienst – und ob sie nicht kurz kommen könne, mir blieben nach der Arbeit sicher noch ein paar Minuten für ein Gespräch. Zuletzt schrieb ich: *Habe dein Heft gelesen.*

Ich hätte ihr das alles zuflüstern können. Aber es ist ziemlich einfach, ablehnend den Kopf zu schütteln. So leicht wollte ich es ihr nicht machen. Ich schaute stur in die andere Richtung.

Mit dem Gong packten wir unser Zeug zusammen und verließen den Englischraum.

»Okay«, sagte sie beim Hinausgehen, ohne eine Miene zu verziehen.

Esther

Ja, ich ging in den Physiksaal. Ich wartete lange genug, bis wirklich nur noch der drin sein würde, der aufzuräumen hatte.

Nachdem ich die Tür hinter mir zugemacht hatte, sagte ich zornig: »Du bringst mich in Verlegenheit!«

Er stellte etwas auf dem Instrumentenwagen ab. Dann kam er her. Er blieb dicht vor mir stehen, wortlos. Er hob die Hände, und ich wusste plötzlich, dass er sie auf meine Schultern legen wollte.

Ich glaubte zu vergehen. Sein Gesicht neigte sich mir bereits zu.

»Nein!«, keuchte ich und wich in die Türnische zurück.

Seine Arme fielen herab.

»Stinke ich?«, sagte er, indem er sich wegdrehte.

»Nein«, sagte ich zu seinem Rücken.

»Was dann?«

»Du weißt es bereits.« Ich ließ den Kopf hängen. Aber das sah er nicht.

»Nein! Ich weiß nur, dass ich ..., dass du und ich ... Ach, Scheiße.« Er fuhr sich mit beiden Händen durch die hoffnungslos wirren Haare, dann setzte er sich an den Tisch, auf dem seine geöffnete Tasche lag, breitete die Arme über sein Zeug und starrte irgendwohin.

Ich bewegte mich nicht. Durch die geöffneten Fenster kam der Pausenlärm.

Nach einer Zeit, die ich nicht messen konnte, fing er an, seine Tasche einzuräumen. Er suchte ein wenig in ihren Tiefen herum. Dann zog er etwas heraus. »Da.« Es war mein Heft.

»Du kannst es doch behalten«, sagte ich.

»Mach's auf.«

Erstaunt blätterte ich und sah die Randbemerkungen. »Hey, hast du das *bearbeitet*?« Ich musste unwillkürlich lächeln.

»Hab ich. Mach ich nicht mit allen Sachen.« Er schaute mich böse an.

Es passte jetzt nicht, aber ich musste ihn endlich fragen: »Warum warst du neulich so ... fertig?«

Er warf die Hand hoch. »Ist doch ganz unwichtig!«

»Ja, dann ...«

»Lauf bloß nicht weg! Sag, hab ich eigentlich keine Chance?«

»Chance?« Ich wusste genau, was er meinte. Ich bin ja nicht vom Mond und bewege mich auch schon lange genug unter den Leuten an dieser Schule, so dass ich meistens gut verstehe, wovon die Rede ist.

»Bei dir!«

Ich drehte das Heft in meinen Händen zu einer Röhre, ließ

sie aufspringen und drehte von neuem. Ein endloses Spiel, das es mir ermöglichte, Gilberts Blick auszuweichen. Es zog mich zu ihm hin wie nie zuvor. Seit er sich in der Stunde neben mich gesetzt hatte, war ich nicht mehr zurechnungsfähig. Ich wusste weder aus noch ein.

»Ich darf mich nur mit einem anfreunden, der in der Wahrheit ist«, sagte ich stockend.

»Mach keine Witze!«

Wenn das ein Witz war, dann war es mit Sicherheit der kläglichste, den man je gehört hat. Ich spürte nämlich in einer Aufwallung, dass es viel schlimmer um mich steht, als ich bisher vor mir selber zugegeben hatte. Ich *will* Gilbert. Ihn und keinen sonst.

Auf sämtlichen Zeugenkongressen, die ich erlebt habe, war unter Tausenden nicht einer, der mich angezogen hätte. Die Kongresse sind die Highlights in unserem Leben. Nicht nur, weil man da die Gemeinschaft der Zeugen und die Liebe zu Jehova Gott viel begeisternder empfindet, sondern auch, weil man endlich neue Gesichter sieht. Unsere Versammlung im Raum Pettenstein besteht aus gerade mal hundert Leuten, die man jede Woche mehrmals trifft. Das ist echt ein wenig öde. Und abgesehen von der Schule, haben wir ja mit niemandem sonst Umgang. Deshalb werden auf Kongressen die Augen offen gehalten – ich mache da keine Ausnahme – und schon manche Ehe soll so zustandegekommen sein.

An die Ehe hab ich natürlich noch kaum einen Gedanken verschwendet. Zumal uns die Bibel den guten Rat gibt, erst zu heiraten, wenn wir »die Blüte der Jugend hinter uns gelassen haben«. Bis es so weit ist, hab ich immer angenommen, bleibt mir noch viel Zeit, und zahlreiche Kongresse werden kommen, auf denen ich die Möglichkeit haben werde, einen geeigneten Glaubensbruder kennenzulernen. Wenn ich überhaupt heiraten werde, hab ich immer gedacht, und mir eigentlich nur gewünscht, studieren zu dürfen, am liebsten Medizin, das ist mein Traum. Und außerdem natürlich: Jehova zu dienen mit der ganzen Kraft, die mir neben Studium und Beruf bleibt.

Die Möglichkeit, dass ich mich in jemanden *verlieben* könnte, einfach so, ist mir nie gekommen. Verliebt zu sein wäre schon beunruhigend genug, in meinem Alter. Ich aber, ich habe mich in einen Ungläubigen verliebt.

Gilbert gehört zu Satans böser Welt. Und so, wie Jesus kein Teil dieser Welt war, dürfen auch wir kein Teil der Welt sein, wenn wir für immer im Paradies auf Erden leben wollen.

Gilbert wird in der großen Drangsal umkommen.

Das zusammengerollte Heft rutschte aus meinen zitternden Fingern und klatschte auf den Boden. Ich wollte mich danach bücken, aber Gilbert bückte sich auch.

Da drehte ich mich um, nahm meine Tasche und rannte hinaus.

Gilbert
Ich habe Mom und Paps und ungefähr hundert Kumpels gefragt, ob ich stinke. Nach übereinstimmenden Angaben ist dies nicht der Fall.

Also muss die Sache ernster sein, als ein Mensch im einundzwanzigsten Jahrhundert auch nur vermuten könnte.

Den Rest des Unterrichts verbrachte ich damit, mir immer und immer wieder in Erinnerung zu rufen, wie sie geschaut hatte, was sie gesagt hatte, wie sie geschwiegen hatte und wie sie davongerannt war. Damit war ich voll beschäftigt, denn es gab mir unlösbare Rätsel auf.

Bis ich schließlich mehr oder weniger davon überzeugt war, dass Esther in den Klauen einer Sekte steckt, die sie völlig beherrscht und die ihr unbegreifliche Gesetze aufzwingt. Oder war das vielleicht keine Angst gewesen, die ich an ihr gespürt hab, und hat sie sich nicht damals im Park ständig wie in Panik umgesehen? Und signalisiert sie mir nicht gleichzeitig, dass sie in Wirklichkeit mit mir zusammen sein will?

Das Heft, das ihr aus den nervösen Fingern gerutscht war, hab ich mitgenommen und geglättet. Ich war drei Schulstunden lang in Versuchung, es noch einmal zu lesen, um irgendeinen Anhaltspunkt zu finden, einen Schlüssel zu dem, was sie gesagt hatte.

Aber ich konnte es nicht unbeobachtet tun, also ließ ich es lieber. Auf neugierige Fragen und gute Ratschläge und das allgemeine Gefrotzel wollte ich gern verzichten.

Am Nachmittag studierte ich die Broschüre dann in meinem Zimmer mit einer Gründlichkeit, die ich noch für kein Schulfach aufgebracht hab. Ich fand nichts, aber auch gar nichts über Freundschaftsverbot oder irgendwas in der Richtung. Was ich fand, war ein netter, kleiner Satz über Toleranz: *Lange bevor die Vereinten Nationen das Jahr 1995 zum Jahr der Toleranz erklärten, überließen es Jehovas Zeugen jedem Einzelnen zu entscheiden, was er glauben und wie er handeln möchte.*

Konnte eine solche Äußerung von einer Sekte stammen, die ihre Klauen in die Leute schlägt?

Esther redet sich was ein, sagte ich mir, in Wirklichkeit ist alles ganz anders und viel einfacher, als sie denkt. Sie mag mich und ich mag sie und morgen gehen wir zusammen weg und wir werden uns küssen und ich kann endlich diese Wimpern berühren und ihre Haare und ihre Haut und sie lacht und hat keine Angst ...

Ich suchte ihre Nummer im Telefonbuch. Ich wählte. Mal probeweise, ohne den Hörer abzunehmen. Danach wählte ich noch zwanzigmal probeweise. Das war's. Bin an meinem Herzklopfen schier erstickt. Hätte wie ein Bubi gestottert. War besser, nicht anzurufen.

Am Dienstag passierte in der Englischstunde etwas, das ich seltsam fand.

Ich ging ganz lässig auf meinen neuen Platz zu und wollte mich mit »Hallo, Esther« ebenso lässig neben ihr niederlassen. Aber als sie aufschaute, verschluckte ich mich an dem Gruß und spürte, wie mir das Blut aus dem Gesicht wich. Das kam von dem Ausdruck in ihren Augen.

Keine Zurückweisung, kein Spott, kein Schreck und keine Angst. Nein, es war – blanke Zuneigung. Dazu nicht das allergeringste Lächeln. Nur der große Blick.

Dann fielen die Wimpern darüber.

Sie murmelte mit weißen Lippen: »Setz dich nicht zu mir. – Bitte.«

Gut also, nach *ihren* Spielregeln; ich hatte einen lockeren Ton vorgehabt, aber sie wollte ja nicht, sie bestimmte, dass wir beide käsebleich und mit tödlichem Ernst weitermachten.

»Mir gefällt's hier«, gab ich bekannt. Lieber Gott, dachte ich, lass sie nicht ihre Sachen zusammenpacken und aufstehen.

»Wenn *ich* weggehe«, flüsterte sie, »fällt's furchtbar auf. Also, bitte, geh du weg.«

»Und warum?«, wollte ich wissen.

»Weil ..., du bringst mich ganz durcheinander. Wenn du ein gewöhnlicher Banknachbar wärst ..., aber das bist du nicht.«

»Was bin ich dann?«, sagte ich und suchte ihren Blick.

Das hätte ich nicht tun dürfen. Es gab mir einen fürchterlichen Stich, ihren Augen zu begegnen. In einem Reflex schob ich meine Hand nahe an ihre Hand ran, um sie zu berühren. Der Lemmer mit seinem Gelaber und der ganze LK konnten mir gestohlen bleiben.

Aber Esther zog die Hand blitzschnell an sich, es hätte nicht viel gefehlt und ihr wäre ein Aufschrei entfahren.

Daraufhin waren wir eine ganze Weile scheinbar die aufmerksamsten Hörer vom Lemmer. Mit feierlichen Gesichtern schauten wir ihn an. Als wir uns Notizen machen sollten, war endlich Gelegenheit zu weiterem Meinungsaustausch.

Ich sehe nicht ein, schrieb ich, *dass wir nicht zusammen sein sollen. Kannst du mich nicht leiden?*

Sie schrieb zurück: *Das ist es nicht. Aber du bist ein Ungläubiger.*

Ich war wieder dran: *Stimmt nicht. Ich glaube an Gott. Denk ich wenigstens.*

Sie darauf: *Bist du Zeuge Jehovas?*

Ich: *Nein. Aber ich bin ein Christ.*

Sie: *Nur Jehovas Zeugen sind wahre Christen.*

Da! Ich hatte sie, ich konnte sie widerlegen. Unauffällig zog ich ihre Broschüre aus der Tasche, schlug Seite 14 auf und unterstrich den Satz, in dem von der Toleranz der Zeugen die Rede ist.

Es dauerte eine Weile, bis Esther mir das Heft zurückgab. Am Rand war vermerkt: *Weiterlesen!*

Das machte ich. *Es darf jedoch nicht übersehen werden, dass Christus als Haupt der Christenversammlung die Anforderungen festlegt, die an seine Nachfolger gestellt werden,* las ich. *Toleranz ist etwas Gutes, aber das Christentum, wie es von Jesus Christus gelehrt wurde, erlaubt es nicht, Gottes Grundsätze und Gesetze einfach außer Kraft zu setzen oder zu ignorieren.*

Ich murmelte: »Ist es vielleicht Gottes Gesetz, dass du nur mit anderen Zeugen befreundet sein darfst?«

»Exactly«, sagte Esther laut. Sie legte erschrocken die Hand über den Mund.

Der Lemmer freute sich, dass sie ihm zustimmte. Er wollte von mir wissen, ob ich von diesem Platz aus besser sehen könne.

»Much better«, sagte ich.

Ein paar Leute grinsten, aber das war mir völlig egal; ich wollte nur nicht, dass Esther es sehen sollte. Zum Glück schaute sie stur nach vorn.

Kurz vor dem Ende der Stunde schrieb ich: *Ich muss unbedingt mit dir reden. Mach einen Vorschlag.*

Danach saß ich auf Kohlen, weil nichts passierte. Zum ersten Mal wünschte ich mir, dass der Lemmer die Stunde überziehen sollte. Er tat es nicht. Ich schnappte mir vor Esther den Packen Arbeitsblätter, der weitergereicht wurde, und hielt ihn fest.

Die Finger ihrer ausgestreckten Hand zitterten.

Dann kriegte ich einen Rempler von hinten: »Hey, Gilbert, willst du den Scheiß für dich alleine behalten? Ich meine, ich hab ja nichts dagegen, aber ...«

Ich beeilte mich, zwei Blätter abzuziehen und das Bündel weiterzugeben.

Esther nahm ihr Blatt aus meiner Hand und murmelte: »Mittagspause. Im Park.«

»Okay«, seufzte ich völlig geschafft.

Es regnete in Strömen. Auf den Parkwegen standen Pfützen, die ich im Sprung nahm. Ich hatte zuvor meine Mutter angerufen. Dienstags geht sie um zwölf heim und macht was zu essen, ehe sie wieder in die Schule muss; dienstags kommt mein Vater zum Essen heim, wenn es nicht in der Werkskantine was ganz Besonderes gibt; und von mir wird dienstags erwartet, dass ich pünktlich erscheine. Ich hab abgesagt. Meine Mutter hat sich nicht gefreut.

Der Regen prasselte auf die Blätter der Bäume und Sträucher, auf die Wege, wo sie ungeschützt sind, und auf mich. Von Esther keine Spur.

Ich entdeckte sie dann im Miniblockhaus auf dem Kinderspielplatz. »Mensch«, sagte ich schockiert, »weißt du, dass ich beinahe vorbeigerannt wäre?«

Sie saß in ihrer Ecke und lächelte ein wenig. »Es ist der einzige trockene Platz, und ich hab dir so viel Grips zugetraut, dass du ihn findest.«

»Darf ich jetzt geschmeichelt sein?« Ich schnaufte noch.

»So eine große Leistung war's auch wieder nicht.«

Ihre Haare klebten feucht am Gesicht, die Windjacke war dunkel vor Nässe.

»Hey«, sagte ich und wollte mich neben sie setzen, aber ihr Blick wies mich auf die gegenüberliegende Bank, »du hast für mich einen Schnupfen riskiert!«

»Und du?«

»Stimmt«, räumte ich ein, »ich riskiere auch einen Schnupfen für dich. Wir würden noch einiges füreinander riskieren, oder?«, probierte ich mutig.

Alles, sollte sie sagen, das wünschte ich mir.

Sie schaute aber nur stumm auf den Spielplatz hinaus. Als ich schon nicht mehr mit einer Antwort rechnete, sagte sie plötzlich:

»Ich hab mehr riskiert, als gut für mich ist. Wenn man mich mit dir erwischt, ist was geboten!«

»Keiner sieht dich, keiner geht bei einem solchen Wetter in den Park«, sagte ich vernünftig.

»Ja, klar, aber … Und überhaupt ist eine aus unserer Glaubensgemeinschaft in der achten Klasse, ich kann also auch in der Schule beobachtet werden.«

»Wie denn?«, sagte ich verblüfft. »Kann sie in den Englischraum gucken und uns beide zusammen sehen?«

»Das nicht. Aber irgendwie …«

Ihre Angst musste größer sein, als ich geahnt hatte.

»Esther«, sagte ich und neigte mich nach vorn.

Da sah ich, dass ihre Augen sich mit Tränen füllten. »Und überhaupt trifft mich Jehovas Zorn, wie geschrieben steht: *Dafür ist heftiger Zorn über dir von der Person Jehovas aus.*« Ihre Lippen bebten.

»Aber du machst doch gar nichts!«, rief ich aus. »Was soll denn der Quatsch! Du hast doch überhaupt nichts getan!«

Ich hatte heftige Lust, ihr Gesicht in meine Hände zu nehmen und diese Angst wegzuküssen. Aber die unsichtbare Wand war immer da. Hätte ich sie eingerannt, dann hätte ich vor einem Scherbenhaufen gestanden, bildlich gesprochen.

Brutal ausgedrückt: Alles wäre kaputt gewesen. Das spürte ich ziemlich deutlich.

Dabei hatte ich mich, wie ich glaubte, auf die Begegnung gut vorbereitet; ich hatte – ohne Rücksicht auf eventuelle frotzelnde Bemerkungen aus der Nachbarschaft – in der sechsten Stunde einige Sätze in der Broschüre markiert, die ich ihr unter die Nase reiben wollte, um Angst und Bedenken wegzufegen. Zum Beispiel: *Jehovas Zeugen vermeiden Konfrontationen. Sie richten sich nach den biblischen Grundsätzen: »Haltet, soweit es von euch abhängt, mit allen Menschen Frieden.«/ Es ist ihr Herzenswunsch, allen Menschen Gutes zu tun und anderen zu helfen, wann immer es ihnen möglich ist./ Selbst wer ihre Glaubensansichten nicht teilt, wird zugeben, dass sie freundliche und höfliche Menschen sind./ Sie bemühen sich, negative Eigenschaften abzulegen. Anderen gegenüber ehrlich, gütig, rücksichtsvoll, liebevoll und loyal zu sein schützt sie vor vielen Fallgruben und Problemen./ Würden sich die zwischenmenschlichen Beziehungen heute nicht viel angenehmer gestalten, wenn sich das JEDER zu Herzen nähme?/ Im letzten Jahr haben in Deutschland 1335 von ihnen (nur 0,8 Prozent) zum Ausdruck gebracht, dass sie nicht mehr als Zeugen Jehovas betrachtet werden wollen. Ihr Wunsch wird respektiert.*

Meine eigenen Beobachtungen hatte ich auch noch in die Waagschale werfen wollen, nämlich: dass die Zeugen Jehovas absolut harmlos aussehen – nicht wie Menschenfresser und Psychofolterer – und dass mindestens eine von ihnen ein hinreißendes Mädel ist.

Nun erlebte ich aber an Esther eine derart niederdrückende Angst, dass mir alle meine Gegenargumente gewichtslos erschienen, noch ehe ich sie ausgesprochen hatte. Warum sie sich nicht einfach dazu entschließt, ein freier Mensch zu sein, hatte ich fragen wollen, wenn das doch von den Zeugen respektiert wird?

Ich fragte es nicht.

Denn Esther ballte die Fäuste und sagte hilflos: »Gerade jetzt mach ich so was, gerade jetzt, wo ich mich auf die Taufe vorbereite ... Wenn ich bei Bruder Mayr, der mir Unterricht gibt, auch nur eine Andeutung davon riskiere, löst das eine Lawine aus, dann nehmen mich meine Eltern von der Schule, ich werde nicht zur Taufe zugelassen ... Ich weiß überhaupt nicht mehr, was ich tun soll ... Dabei habe ich mich Jehova hingegeben und die Taufe mit Freude erwartet ...«

Ich unterbrach sie: »Was regst du dich so wahnsinnig auf über das bisschen Wasser, das sie dir auf den Kopf schütten, und wieso überhaupt wirst du jetzt erst getauft?«

»Wie?« Esther starrte mich an. Auf ihrem Gesicht spielte sich einiges ab. Dann straffte sie sich und schüttelte halb nachsichtig, halb verächtlich den Kopf: »Ich weiß, dass *ihr* so eine komische Zeremonie habt, wo man unwissende Babys angeblich tauft ...«

»Wieso *angeblich*?«, entrüstete ich mich.

»Wie kann jemand sich Gott hingeben und das in der Taufe besiegeln«, rief Esther, »der gar nicht begreift, was da geschieht?«

Darauf wusste ich keine Antwort. Irgendwie hatte sie recht.

»Bei uns«, sagte sie, »lässt man sich nach reiflicher Überlegung und aus freiem Willen taufen. Wie es in der Bibel steht: *Sie ließen sich taufen, sowohl Männer als auch Frauen.* Von Kindern oder gar Säuglingen ist keine Rede. Findest du nicht, dass das besser ist?«

»Doch.«

»Um getauft zu werden, stehen wir im Wasser und werden rückwärts untergetaucht zum Zeichen unserer vollständigen Hingabe an Gott.«

Sie schockierte mich mit ihren Leuchtaugen. Um sie von ihrem Trip runterzuholen, sagte ich: »Wenn du dich da rausstellst, bist du auch getauft.« Ich wies zum Fenster hinaus, wo's prasselte.

Da erlosch das Leuchten. Niedergeschlagen sagte sie: »Ich hab mir's schon gedacht, dass du mich nicht verstehst.«

Das war genau der Eindruck, den ich nicht hatte erwecken wollen; prima, Gilbert, sagte ich zu mir, das hast du wieder mal hingekriegt, toll, genau so musst du weitermachen. Wenn du willst, dass sie in der nächsten Sekunde abhaut.

Ich streckte die Hand aus. »Entschuldige, du. Wenn ich echt beeindruckt bin, muss ich einfach meine Witze reißen, weiß auch nicht, wieso.«

Das Wunder geschah: Sie lächelte besänftigt.

Ich war nahe daran, mich hinüberzubeugen – immer wenn sie lächelt, verlier ich den Verstand. Schnell klaubte ich das bisschen Grips zusammen, das noch vorhanden war, blieb auf meiner Seite des Häuschens und sagte: »Esther.« War komisch, den Namen, den ich dauernd denke, vor ihr laut und langsam auszusprechen. »Esther – ist das ein biblischer Name?«

Zuerst schlug sie die Augen nieder. Aber als ich mit der sachlichen Frage kam, antwortete sie erleichtert: »Natürlich. Auch meine Geschwister haben biblische Namen, Johannes und Rebekka. Und meine Mutter. Sie heißt Deborah.«

»Und dein Vater?«

»Mein Vater hat keinen biblischen Namen. Seine Eltern gehören nicht zu unserer Glaubensgemeinschaft.«

»Ach so, das sind deine Pettensteiner Großeltern, die du nie besuchst?«

Sie nickte.

Etwas wunderte mich. »Wenn deine Großeltern ... äh, normale Leute sind, wie kommt's dann, dass dein Vater Zeuge Jehovas ist?«

Esther dachte nach. »Darüber weiß ich eigentlich nicht viel, das ist schon so lange her, mein Vater ist nämlich schon über fünfzig. Sein richtiger Vater ist im Krieg gefallen, seine Mutter hat dann später einen anderen geheiratet, so bekam mein Vater einen Stiefvater und drei jüngere Geschwister. Er muss sich mit Opa Schwenda, also seinem Stiefvater, nicht vertragen haben, denn er ging schon früh von zu Hause weg, er hat die Schule abgebrochen und eine Lehre angefangen und war ganz allein für sich in der Großstadt. Und dort hat er das Glück gehabt, in die Zeugenfamilie aufgenommen zu werden. In unserer Organisation sind wir nämlich alle Brüder und Schwestern und enger miteinander verbunden als die meisten leiblichen Geschwister.«

»Hört sich schön an.«

»Ja.«

»Ich hab keine Geschwister«, fiel mir plötzlich ein.

Ein Schweigen breitete sich zwischen uns aus, in dem nur das gleichmäßige Trommeln des Regens auf dem Hüttendach zu hören war. Kein Mensch im ganzen Park – und Esther so nah, dass ich nur den Arm hätte ausstrecken müssen.

Die Angst war jetzt aus ihrem Gesicht verschwunden, sie schaute nur still in den nassen Park hinaus, nachdenklich irgendwie und so, als wenn sie geduldig auf etwas ganz Unwahrscheinliches warten würde.

Obwohl sie durch eine irre Glaubenslehre von mir getrennt ist, war's mir, als gäbe es nur noch uns zwei und als gehörten wir fest zusammen.

Das Grunzen, das daraufhin aus meinem Magen kam, erinnerte mich daran, dass ich das Mittagessen hatte ausfallen lassen.

Sie hörte es und lächelte vage.

»Wir könnten in die Imbissbude am Niedertor gehen«, sagte ich zögernd.

Ihr Augenaufschlag teilte mir mit, dass ich wieder einen Fehler gemacht hatte. »Hast du Hunger?« Es klang zu allem Überfluss auch noch enttäuscht.

»Nein«, log ich.

»Ich hab was in der Tasche. Willst du?« Sie fummelte schon am Schnappschloss.

»Nur wenn wir teilen«, sagte ich.

Danach aßen wir gemeinsam die Wurstbrote auf, die sie sich am Morgen zurechtgemacht hatte.

»Ich denke«, sagte sie auf einmal, »dass nichts Schlechtes daran ist, mit einem Hungrigen sein Brot zu teilen. Auch nicht vor Gott.«

»Richtig«, bestätigte ich, »das steht in der Bibel.« So viel hab sogar ich aus meinen spärlichen Kirchenbesuchen und aus dem Reli-Unterricht behalten.

Wir grinsten uns an.

»Liest du manchmal in der Bibel?«, wollte sie wissen.

»Ähh – nein«, gab ich zu.

»Liest du was anderes?«

Ich dachte nach. Natürlich lese ich alles Mögliche, angefangen vom täglichen Streifzug durch die Tageszeitung bis hin zu den Büchern, die meine Mutter kauft und immer irgendwo aufgeschlagen rumliegen lässt. Früher las ich noch viel mehr, praktisch alles, was ich erwischte. Aber seit ich Informatik belegt habe, schluckt die Beschäftigung mit dem Computer einen großen Teil der Zeit, die ich daheim verbringe.

»Die Tageszeitung«, sagte ich, »und ab und zu einen Krimi oder Science Fiction. Die Krimis kauft meine Mutter, sie steht drauf, unheimlich dicke amerikanische Schinken, wahnsinnig verwickelt und spannend.«

»Dasselbe kann man von der Bibel behaupten. Aber die wenigsten Leute wissen das. Allein das Buch Esther ist ein kompletter ... Krimi, wenn du so willst.«

»Das Buch Esther? Nie gehört.«

»Siehst du«, sagte sie triumphierend, »ihr Ungläubigen kennt eben die Bibel nicht! Dabei steht alles drin, was man fürs Leben braucht.«

Das schien mir nun doch eine kleine Übertreibung. Wie soll in einer zweitausend Jahre alten Schwarte das drinstehen, was heute wichtig ist. Vorsichtig sagte ich: »Wirklich?«

»Ja. Man muss die Bibel nur richtig zu lesen wissen. Wir machen das praktisch jeden Tag. Wie du vielleicht weißt, haben wir keine Gottesdienste. Wir lesen und besprechen Bibeltexte, das ist alles, was man braucht.«

»Überhaupt keine Gottesdienste?«

»Nein. Eure Gottesdienste sind wie ... Götzendienst, heidnischer Pomp und all das. Wir haben einmal im Jahr eine Gedächtnisfeier, die uns an das Abendmahl erinnert. Und sonst halten wir uns nur an die Bibel.«

»Eine abgespeckte Version«, murmelte ich beeindruckt.

»Eine was?«

»Ach, nichts. Das kommt aus dem Computerbereich. Es bedeutet ungefähr, dass nur noch das Wesentliche im Programm da ist.«

»Dann dürfte es zutreffen. Hey, ich wundere mich, dass ich den Ausdruck noch nie von meinem Bruder gehört hab, er macht nämlich eine Lehre als Programmierer. Kommt vielleicht daher, dass wir selten über weltliche Dinge reden.«

»Wäre es sehr weltlich«, sagte ich langsam, »wenn ich dir sagen würde, dass ich Tag und Nacht und immer an dich denke?« So, jetzt war's raus. Ich hätte eigentlich sagen müssen: ...dass ich wahnsinnig verrückt nach dir bin, dass ich von dir träume, dass ich dich berühren und küssen will, dass mich deine Zurückhaltung bis aufs Blut reizt, dass ich dir wie ein pubertierender Idiot nachlaufe, dass man neben dir alle anderen Mädels vergessen kann ...

Die Wirkung war, als hätte ich all das gesagt.

Nachdem Esther abwechselnd rot und blass geworden war, rang sie sich eine Antwort ab: »Dazu kann ich nur sagen, dass ich Tag und Nacht und immer versuche, nicht an dich zu denken.«

»Mit Erfolg?«, wollte ich wissen.

»Hm, hm – nein.«

In meiner Phantasie stürzte ich mich auf sie und riss sie an mich. In Wirklichkeit legte ich eine Hand an ihr Gesicht und strich ihr die verklebten Haarsträhnen ein wenig nach hinten. Ich machte das sehr, sehr langsam, und was sich dabei in mir abspielte, war stärker als alles, was ich je zuvor erlebt hab.

Liebe. Ich kann's nicht anders sagen.

Als Esther zu weinen anfing und in den Regen hinausrannte, machte mein Herz eine Hundertachtzig-Grad-Drehung und riss sich damit selbst aus seiner Verankerung.

Wenn der Schmerz anhält, muss mich meine Oma zu ihrem Kardiologen mitnehmen.

Esther

Sein Name ist Tag und Nacht in meinem Kopf. Er macht sich so breit, dass der Name Gottes, dem der Platz in Wirklichkeit gebührt, an den Rand gedrängt wird. Was soll ich nur tun?

Ich kann nicht mehr schlafen und nicht mehr essen und nicht mehr beten, in meinem Sinn ist nur ein Wort: Gilbert, Gilbert, Gilbert.

Am Mittwoch konnte ich nicht in die Schule gehen, weil mir am Morgen sterbensübel war. Mama schickte mich ins Bett zurück und brachte mir eine Kanne Tee und eine Wärmflasche, ehe sie ihrer Arbeit nachging.

Habe ich überhaupt jemals in der Schule gefehlt? Ich kann mich nicht erinnern. Es war sehr merkwürdig, am Vormittag im Bett zu liegen, und auch daran war ich nicht gewöhnt, allein im Zimmer zu sein, das ich sonst mit Rebekka teile.

Ich vergrub mich tief in die Kissen und versuchte, endlich zu schlafen, was mir die ganze Nacht nicht geglückt war. Aber bald musste ich das Bettzeug von mir stoßen, weil ich darunter zu ersticken glaubte. *Jehova*, betete ich, *Jehova*. Mehr fiel mir nicht ein als sein heiliger Name, aber auch der entglitt. So wie in all den vorausgegangenen Stunden auch. Konnte ich nicht mehr beten, oder wollte Gott nicht, dass ich mit ihm sprach, oder verwirrte Satan meinen Geist völlig?

Wir haben gelernt, dass wir Trost im Gebet finden und dass wir Hilfe erfahren, wenn wir uns Gott demütigen Herzens nahen. War ich nicht *demütigen Herzens* oder was sonst machte ich falsch? Denn auch Sünder dürfen zu ihm beten, so steht es geschrieben.

Ich griff in das Regal über meinem Bett und holte mein Erkenntnisbuch herunter. Schon nach kurzer Lektüre fand ich die Antwort: *Wenn Gott unsere Gebete erhören soll, müssen wir uns zuvor von einem sündigen Lebenswandel gereinigt haben.*

Hatte ich das etwa? Hatte ich etwas unternommen oder mir mindestens vorgenommen, Gilbert aus dem Weg zu gehen und die sündige Verbindung zu beenden? Nein. Stattdessen ließ ich es zu, dass ich ununterbrochen an seine Berührung dachte, die so schön und zart und voller Gefühl war, dass sie unmöglich *von einem verlorenen Menschen kommen konnte* – da!, das war Rebellion gegen Gottes Wort und Gebot. Womit ich mich auf eine Stufe mit Satan stellte, der als Erster rebelliert hat.

Ich flehte Jehova um Hilfe an. Er konnte mich doch nicht in dem Moment fallen lassen, in dem ich ihn am meisten brauchte! Verzweifelt suchte ich im Erkenntnisbuch nach einem Hinweis. Aber was ich als Nächstes fand, stürzte mich noch tiefer: *Somit müssen wir gemäß dem Willen Gottes bitten.*

Wie sollte er mein Gebet erhören, wenn ich um etwas bat, das sich klar gegen seinen Willen richtete?

Alle meine nutzlosen Worte auf einen einfachen Nenner gebracht, hatte ich ihn um Folgendes gebeten: Verstoß mich nicht, aber lass mich auch Gilbert behalten.

Am Abend bekam ich Fieber. Mama rief unseren Hausarzt. Weil er keine Krankheit finden konnte, jammerte sie ihm die Ohren voll, dass wahrscheinlich das Gymnasium schuld sei, das mich einfach überfordere.

Ich ließ es an Respekt fehlen und verdrehte die Augen über einen solchen Schwachsinn.

Der Doktor sah es und lächelte mir komplizenhaft zu. Er verordnete ein Vitaminpräparat, das mich bald wieder auf die Beine bringen werde.

Danach fuhren Papa, Mama, Johannes und Rebekka nach Imsingen zum Versammlungsbuchstudium. Während sie weg waren, läutete das Telefon.

Alle Glaubensbrüder und Glaubensschwestern wissen, wo wir am Mittwochabend sind und dass es zwecklos ist, bei uns anzurufen, und sonst haben wir mit niemandem Umgang. Es konnte praktisch nur Gilbert sein. Mir brach der Schweiß aus, als hätte ich mindestens vierzig Grad Fieber. Alles an mir zitterte, als ich aus dem Bett sprang. Dann stand ich vor dem Apparat und konnte nicht abheben, ich konnte es einfach nicht.

Nachdem das Läuten verstummt war, hatte ich das trostlose Gefühl eines Versäumnisses, das nicht wiedergutzumachen war.

Ich blieb auch am Donnerstag und am Freitag daheim. Mehrmals rief jemand an, ohne seinen Namen zu nennen.

Mama, die abgehoben hatte, wunderte sich zuerst. Dann vermutete sie, dass ihre Eltern, also Opa und Oma Kuske, dahintersteckten, die sich früher öfter auf diese Weise bei uns »gemeldet« hatten, in letzter Zeit allerdings nicht mehr. Nämlich seit sie dazu übergegangen waren, jeden Morgen irgendwo an meinem Schulweg zu parken.

In der Tat, es konnten Opa und Oma Kuske sein, die sich vielleicht Sorgen machten, weil ich nicht zur Schule ging. Aber viel wahrscheinlicher war es Gilbert.

Am Freitagabend hätte ich vielleicht den Hörer abgehoben, während meine Familie die Predigtdienstschule und die Dienstversammlung besuchte. Aber da läutete es nicht.

Am Samstag, als Papa, Mama und Johannes auf Verkündigungstour waren, durfte Rebekka ausnahmsweise daheimbleiben, weil ich krank war. Sie rannte jedes Mal, wenn es läutete, sofort zum Telefon und berichtete mir aufgeregt, dass sich wieder niemand gemeldet habe.

Ich wurde nur kränker davon. Aber ich riss mich mächtig zusammen und zwang mich auch dazu, etwas zu essen, denn ich fürchtete, dass sich, wenn das mit mir so weiterging, Bruder Mayr oder ein anderer Aufseher *um mich kümmern* würde. Immer wenn meine Eltern ratlos sind, besprechen sie sich mit den Ältesten. Von ihnen kommt Rat direkt aus Jehovas Kanal, der leitenden Körperschaft in Brooklyn. Bruder Mayr würde mein Innerstes nach außen kehren.

Ich war mir bewusst, dass ich eine schwere Unterlassung beging, indem ich schwieg. Aber ich hätte kein Wort über die Lippen gebracht, denn es wäre das unweigerliche Ende meiner Verbindung zu Gilbert gewesen.

Am Sonntag fühlte ich mich viel zu schwach, um zur Versammlung zu gehen; es war wohl das erste Mal seit mindestens vierzehn Jahren, dass ich fehlte, denn ich war schon – wie meine Geschwister auch – als Kleinkind immer mit dabei gewesen.

Schwester Mayr kam zu mir. Sie setzte sich auf Rebekkas Bett und studierte mit mir den Wachtturmartikel, der an diesem Sonntag dran war. Weil ich schnell mit den Antworten war, blieb ihr noch viel Zeit, mit mir in der Bibel zu lesen.

Ich ertappte mich dabei, dass ich sie beobachtete, anstatt auf Gottes Worte zu hören, die aus ihrem Mund kamen. Schwester Mayr ist ziemlich fett, im Gegensatz zu ihrem Mann, der ein Knochengestell ist. Aber das war's nicht, was mich gegen sie einnahm, sondern die Art, wie sie las und betonte – so, als hätte sie die Bibel als Erste entdeckt und als wäre ich jemand, dem man endlich beibringen müsse, in der Bibel zu lesen. Am schlimmsten war es, wenn sie sich unterbrach und Kommentare abgab. Die waren so was von unbeholfen, dass ich unter meiner Decke Krämpfe bekam.

Ach, wenn Schwester Ruth für mich gelesen hätte!

Wir müssen einander in Liebe und Geduld ertragen, heißt es immer, und über menschliche Schwächen hinwegsehen, wenn wir sie nicht ändern können; lieber sollen wir an unserer eigenen Vervollkommnung arbeiten, als bei anderen Fehler zu suchen.

Aber wenn die Fehler doch so ins Auge springen! Schwester Mayr hat nämlich offenbar ein Problem mit ihrer untergeordneten Rolle als Frau; sie benützt solche Gelegenheiten wie die, mit einer Kranken zu studieren, um sich zu produzieren – tut mir leid, aber es ist einfach wahr! Sie ist so furchtbar selbstgefällig und merkt nicht mal, wenn sie Unsinn redet. In den Versammlungszusammenkünften verhält sie sich korrekt wie alle anderen Frauen: Sie lernt in Stille mit Unterwürfigkeit, wie es von uns verlangt wird, und fordert die Männer nicht heraus. Uns Frauen ist es nicht erlaubt zu reden, wenn das, was wir sagen wollen, einen Mangel an Unterwürfigkeit verraten würde. Wenn Gott gewollt hätte, dass wir den Män-

65

nern gleichgestellt wären, hätte er Eva zugleich mit Adam erschaffen und sie nicht aus einer seiner Rippen geformt. Er hat den Mann als Haupt über die Frau gesetzt, das legt seine und ihre Stellung fest. Die zwölf Apostel waren auch Männer, also sind gemäß der Bibel nur Männer mit der Leitung der Versammlung beauftragt.

Ganz für mich habe ich schon bemerkt, dass nicht alle Männer gleich gut als Aufseher geeignet sind, und manchmal hätte selbst ich eine geeignetere Antwort gewusst als einer von ihnen. Das sind Momente, in denen ich mir schnell alle Bibelstellen in Erinnerung rufen muss, in denen vor dem Geist des Hochmuts gewarnt wird.

Aber ich glaube, dass es kein Hochmut ist, wenn ich froh darüber bin, dass Schwester Mayr niemals Aufseher werden kann.

Zuletzt wollte sie wissen, ob ich nicht vor Ungeduld brenne, eine getaufte Christin zu werden.

Natürlich brenne ich vor Ungeduld, nachdem ich nun durch die ganze Vorbereitung durch bin; im Stillen habe ich mich Jehova längst hingegeben. Das sagte ich ihr, aber etwas widerwillig, da mir ihre Art einfach gegen den Strich geht.

Was mich überhaupt so lange gehindert habe, fragte sie mit verstecktem Vorwurf, ihre Kinder seien jünger als ich und längst getauft.

»Ich wollte sichergehen, dass es ganz allein meine eigene Entscheidung ist«, sagte ich.

»Aber natürlich«, beeilte sie sich zuzustimmen, »niemand darf gedrängt oder beeinflusst werden!«

Was machte sie eigentlich, wenn nicht drängen? War ihr das gar nicht bewusst?

Ich glaube, das, was mich bisher gehindert hat, mich taufen zu lassen, ist die häufige Frage: *Was hindert dich eigentlich, dich taufen zu lassen?*

Und natürlich das Wissen um eine wirklich schwerwiegende Entscheidung. Denn nach der Taufe bin ich ein vollgültiges Mitglied von Jehovas Organisation und entsprechend muss ich mich auch verhalten.

Ich hatte schon einmal meinen Willen bekundet, getauft zu werden, vor gut zwei Jahren, als Ruth, Mamas jüngere Schwester, noch lebte und als ich mit ihr zusammen im Verkündigungsdienst arbeitete. Sie war so eine fröhliche Christin! Gemeinsam mit ihr hab ich die schönste Zeit gehabt, ich habe Ruth mehr geliebt als sonst einen Menschen einschließlich Papa, Mama, Johannes und Rebekka. Als sie schwer erkrankte, brach ich meine Taufvorbereitung ab, um so oft wie möglich an ihrem Bett im Krankenhaus sitzen zu können.

Ich weiß, dass auch sie sehr an mir hing, wir waren wie geistige und leibliche Schwestern. Möglich, dass Mama ein wenig eifersüchtig war, denn ihr musste es vorkommen, als zöge Ruth mich ganz an sich, weil sie keine eigenen Kinder hatte. Aber es war kein Mutter-Tochter-Verhältnis, überhaupt nicht, wir waren einfach Schwestern, Ruth und ich. Sie war ja erst dreiunddreißig, als sie starb! Ich habe sie Ruth genannt, manchmal Schwester Ruth, aber nie Schwester Rehbein, wie es alle anderen taten. Bruder Rehbein, ihr Mann, ist mir ein wenig unheimlich, er ist so streng und düster, das wahre Gegenteil von Ruth.

Nach ihrem Tod, der die ganze Familie furchtbar mitgenommen hat, geriet ich in eine Krise. In der Schule war ich einigermaßen aufmerksam, aber in der Versammlung, wo ich Ruth so wahnsinnig vermisste, war ich wie tot. Ich verweigerte den Verkündigungsdienst an der Seite einer unserer anderen Schwestern und auch mit Mama wollte ich nicht gehen. Zum Glück ließ man mich eine Zeit lang in Ruhe.

Die Familie und die anderen Versammlungsmitglieder waren reichlich von mir abgelenkt durch Opa und Oma Kuske, die Ärgernis erregten, weil sie den Ältesten vorwarfen, sie seien schuld daran, dass ihre jüngere Tochter sterben musste. Opa und Oma Kuske waren keinem Trostgespräch zugänglich, sondern gerieten im Gegenteil über jede liebevolle Annäherung in Zorn und behaupteten öffentlich, es erfülle sie nicht mit Freude, dass ihre Tochter standhaft gewesen und für Jehova Gott gestorben sei.

Ich war hin- und hergerissen zwischen dem furchtbaren Schmerz und meiner Bewunderung für Ruth, und Papa betete häufig laut zu Jehova um ebensolche Kraft für uns alle, wie Ruth sie gezeigt hatte.

Die schlimmsten Vorwürfe machten Opa und Oma Kuske, die bis dahin immer treue Christen gewesen waren, ihrem Schwiegersohn Bruder Rehbein. Er habe Ruth in ihrem Verhalten bestärkt, anstatt sie dazu zu bringen, die lebensrettende Bluttransfusion anzunehmen. Mama sagt, Bruder Rehbein hatte lange Zeit Geduld mit ihnen und bot ihnen jeden Trost an, den die Bibel für solchen Schmerz parat hält; auch er selbst hat schließlich sehr gelitten. Sie aber blieben verstockt und uneinsichtig. Es kam so weit, dass Bruder Rehbein aus ihrem Haus in Imsingen auszog und sich eine eigene Wohnung nahm.

Anfangs durfte ich Mama begleiten, wenn sie nach Imsingen fuhr, um ihren Eltern gut zuzureden, aber als sie nicht aufhörten, selbst vor mir die abtrünnigsten Worte zu sprechen, war es damit vorbei. Ich, ihr liebstes Enkelkind, habe ihr Haus, das ich besser kannte als unser eigenes, nie mehr betreten.

Das kam noch zum Verlust meiner geliebten Schwester hinzu, denn auch Opa und Oma Kuske habe ich sehr gemocht, viel, viel mehr als die Pettensteiner Großeltern, mit denen ich Umgang haben darf, wenn ich will, weil sie nie erleuchtet waren und also sich nicht so schrecklich verfehlen können. Denn die Bibel sagt: *Wer den Glauben verleugnet, ist schlimmer als ein Ungläubiger.*

Was dann passierte, haben mir meine Eltern inzwischen genau erklärt.

Da die reine Christenversammlung vor Verunreinigung geschützt werden muss, hatten die Versammlungsältesten keine andere Wahl, als Opa und Oma Kuske aus der Organisation auszuschließen, entsprechend dem Bibelwort: *Entfernt den bösen Menschen aus eurer Mitte.*

Seitdem sind Opa und Oma Kuske für uns alle praktisch wie tot. Denn so steht es in der Bibel: *Wenn jemand zu euch kommt und diese Lehre nicht bringt, so nehmt ihn niemals in euer Haus auf, noch entbietet ihm einen Gruß.*

Ich war furchtbar unglücklich darüber, nun auch noch Opa und Oma Kuske verloren zu haben. Mama und Papa hatten einen Trost für mich: Falls Opa und Oma Kuske bereuen und der Versammlung durch ihre Worte und ihr Verhalten über eine längere Zeit hinweg beweisen, dass sie bereut haben, können sie wieder aufgenommen werden.

Es sei allerdings sicher kein Zeichen von Reue, sagen meine

Eltern, wenn Opa und Oma Kuske uns mit stummen Anrufen bombardieren oder wenn sie sich an meinem Schulweg aufbauen. Mir wurde streng verboten, hinzusehen oder mich gar auf ein Gespräch einzulassen. Dasselbe gilt für meine Geschwister. Es wurde uns zusammen mit dem Bibelwort eingehämmert: *Durch seinen Mund bringt der Abtrünnige seinen Mitmenschen ins Verderben.*

Alle Abtrünnigen werden ganz gewiss in Harmagedon, Gottes furchtbarer Vergeltungsschlacht, vernichtet, sie werden hingemäht daliegen, wie geschrieben steht: *Die von Jehova Erschlagenen werden schließlich an jenem Tag gewisslich von einem Ende der Erde bis zum anderen Ende der Erde sein.*

Ich bete jeden Tag zu Jehova Gott, dass er mit Harmagedon wartet, bis Opa und Oma Kuske bereut haben und wieder zu uns gehören; denn wie soll ich mich auf das ewige Paradies auf Erden freuen, wenn sie darin fehlen?

Harmagedon aber kann heute oder morgen sein, jedenfalls ist das Ende des gegenwärtigen bösen Systems der Dinge sehr nahe, wie wir ständig hören und lesen. Und überleben wird nur, wer zu Gottes Organisation gehört.

Schwester Mayr erinnerte mich zu allem Überfluss auch noch daran. Dann ging sie endlich.

Nach den zwei Stunden mit ihr nahm ich mir vor, ab Montag unbedingt gesund zu sein. Sie hatte das Telefon übrigens läuten lassen, ohne abzuheben, ganz wie meine Eltern ihr geraten hatten.

Ich blieb nachmittags auf, um zu beweisen, dass ich nicht mehr krank war, und am nächsten Morgen ging ich mit wackligen Knien zum Schulbus. Wie immer bemerkte ich Opa und

Oma Kuskes Auto am Straßenrand und schaute schnell daran vorbei. Da machte aber Oma etwas, womit ich nicht gerechnet hatte: Sie öffnete ihre Tür und rief mich an.

»Esther!«

Erschrocken blieb ich stehen.

»Warst du krank, meine Kleine?« Sie sah viel älter aus, als ich sie in Erinnerung gehabt hatte.

Ich nickte mit zusammengepressten Lippen und wollte weitergehen.

»Kind ...«, sagte sie flehend.

Da packte mich ein hilfloser Zorn. »Warum macht ihr das? Ich *darf* doch nicht mit euch reden!«

»Wir geben Zeugnis, Esther. Wir sind ein Leben lang daran gewöhnt, Zeugnis zu geben. Jetzt sind wir stumme Zeugen für einen furchtbaren Irrtum.«

»Ihr wollt mich abtrünnig machen!«, rief ich und rannte zu meinem Bus, ohne mich noch einmal umzusehen.

In Pettenstein entdeckte ich Gilbert in der Nähe der Bushaltestelle. Mein Herz stolperte, dann fing es zu jagen an. Wahrscheinlich bin ich käsebleich geworden, denn mein Gesicht war auf einmal eiskalt und ich dachte: Jetzt fall ich um.

Aber ich fiel nicht um.

Gilbert blies sichtbar die Luft aus, als hätte mein Anblick ihn ungeheuer erleichtert, dann hob er die Augenbrauen, schüttelte ganz leicht den Kopf, lächelte und ging mit großen Schritten voraus in die Schule.

Ich folgte ihm, zusammen mit den anderen, die auch aus dem Bus gestiegen waren. Bestimmt wäre ich der Länge nach hingefallen, wenn er *hinter* mir gegangen wäre.

71

Neben ihm zu sitzen war dann schon beinahe was Vertrautes.

»Ich dachte, du kommst nicht mehr«, murmelte er und schaute mich von der Seite an, »bin fast gestorben vor Angst. Was war los?«

Krank, schrieb ich auf mein Arbeitsblatt und radierte es wieder weg, nachdem Gilbert es gelesen hatte. Diese Stunde war denkbar ungünstig für einen Austausch, denn Herr Lemmer war extra früher erschienen, um einen schriftlichen Test vorzubereiten; ich hätte zwar nicht teilnehmen müssen, weil ich gefehlt hatte, aber ich sagte nichts und schrieb mit.

Danach, als man die Blätter einsammelte, schob mir Gilbert im allgemeinen Durcheinander die Infobroschüre zu, die er von mir bekommen hatte. Sie war aufgeschlagen und umgeklappt und folgender Absatz war mit Kuli eingerahmt: *Wahrheitssucher werden herzlich eingeladen, die Zusammenkünfte der Zeugen Jehovas zu besuchen, aber man übt keinen Druck auf sie aus, Mitglieder zu werden oder sich taufen zu lassen. Stattdessen wird ihnen ein kostenloser Bibelkurs angeboten, und es liegt bei ihnen zu entscheiden, ob sie das Angebot annehmen oder nicht.*

Darunter stand in Gilberts Schrift: *Wo??*

Ich kann überhaupt nicht beschreiben, welche Freude mich durchfuhr. Also doch! Ich hatte mich in Gilbert nicht getäuscht! Er suchte die Wahrheit, ohne dass ich ihn je dazu ermuntert hatte.

Plötzlich lag die Zukunft wunderbar vor mir, greifbarer und leuchtender selbst als die bunten Paradiesbilder in unseren Zeitschriften.

»Im Königreichssaal«, flüsterte ich aufgeregt, »und bei den Brüdern und Schwestern zu Hause.«

Damit könne er nichts anfangen, sagte Gilbert beim Hinausgehen, das müsse ich ihm genauer erklären. In der Pause, im Physiksaal.

Gilbert

Ich hatte wirklich gedacht: Jetzt ist etwas passiert, jetzt kommt sie nicht mehr und schuld daran bin ich. Ich hatte Wahnvorstellungen entwickelt von einer in ihrem Zimmer gefangengehaltenen oder noch schlimmer: weit weggebrachten Esther, die ich nie mehr wiedersehen würde.

Dass sie nicht ein einziges Mal ans Telefon ging, konnte mich nicht gerade vom Gegenteil überzeugen. Die gleichbleibend freundliche Stimme ihrer Mutter kenne ich jetzt auswendig. Auch dem Vater entfuhr kein Fluch. Der Bruder wirkte reichlich unterkühlt und sagte mir, dass er sowieso wisse, dass ich Opa oder Oma Kuske sei, und ich solle das gefälligst unterlassen. Die kleine Schwester meldete sich immer gleich frisch mit *Rebekka Schwenda*. Aber selbst bei ihr machte ich den Mund nicht auf, aus Angst, Esther in noch größere Schwierigkeiten zu bringen.

Am Sonntagnachmittag hab ich dann Paps den BMW entlockt und bin nach Hüffeldingen gefahren, wo ich mir die Adresse aus dem Telefonbuch näher anguckte. Es ist ein ganz unauffälliges und eher kleines Haus in der Neubausiedlung, gepflegter Vorgarten, alles wie ausgeleckt. Keine Satanszeichen an der Hauswand, kein Gebrüll von drinnen, kein Schwefelgestank.

Ich hatte die Scheibe runtergelassen und war mit einem Riesenohr langsam vorbeigefahren: nichts. Hab mich nicht getraut, noch mal zu kommen. Hab gedacht: Wenn sie am Montag nicht erscheint, musst du was unternehmen.

Im Physiksaal warf ich ihr als Erstes vor, dass sie mir wenigstens hätte Bescheid geben können, oder säßen ihre Leute vielleicht auf dem Telefon?

Sie antwortete mit einem Gegenvorwurf: Ob ich das gewesen sei, der immer angerufen habe?

Ich schloss die Tür ab, damit sie nicht während der ganzen Pause darauf lauern musste, es könnte jemand reinkommen. Erklärte ihr das auch, um sie nicht zu erschrecken. Du meine Güte, ich werde langsam komisch.

Dann sagte ich: »Klar war ich das am Telefon! Oder denkst du, es lässt mich kalt, wenn du nicht mehr auftauchst?«

»Mach das nie wieder!«, rief sie. »Ich hatte nur das Glück, dass sie dachten, Opa und Oma sind's, die's wieder mit Telefonterror versuchen.«

»Was versuchen?«

»Na, uns aufmerksam zu machen, oder was weiß ich.«

Ich kapierte überhaupt nichts.

Esther sagte: »Das ist eine viel zu lange Geschichte. Wir dürfen mit Opa und Oma nicht mehr reden und deshalb demonstrieren sie irgendwas. – Ja, also, was wolltest du wissen?« Sie rutschte in sicherer Entfernung von mir in eine Bank.

»Ich ... halt's nicht mehr aus ohne dich!«, platzte ich heraus. »Also sag mir gefälligst, wo ich dich sehen kann, wenn's in der Schule schon nicht sein darf – ein Date unter den Augen vom

Lemmer ist auch nicht grad das Höchste, oder? Wo muss ich hingehen, wo seid ihr und darf ich dann ...«

... *dein Freund sein?* wollte ich sagen oder so was Ähnliches, wandelte es aber in letzter Sekunde um in: »... wenigstens mal deine Hand halten?«

Sie schaute mich über zwei Tische hinweg an, sehr nachdenklich; irgendwas musste ich falsch gemacht haben.

»Das ist alles ein bisschen komplizierter, als du denkst«, sagte sie.

»Dann klär mich endlich auf!«

»Also, erst mal«, sagte sie und verschränkte die schlanken Finger, die ich so gern berührt hätte, ineinander, »erst mal darf niemand auch nur ahnen, dass wir beide, du und ich ...«

»Uns lieben«, sagte ich todesmutig.

Ihr Blick bestätigte es, dann senkte sie die Wimpern darüber.

Von diesem Moment an hätte sie mich, glaube ich, in jede Satanssekte locken können und ich wäre ihr blind gefolgt. Und erst recht zu diesen harmlosen Leutchen, die sich laut Infoheft nur dadurch hervortun, dass sie den Kriegsdienst verweigern und dafür in Konzentrationslagern sterben. Meines Wissens gibt es aber hierzulande keine KZs mehr und den Wehrdienst will ich sowieso verweigern.

Es dauerte ein wenig, bis Esther weitersprach. Zitterten ihre Lippen dabei?

»Wenn du zur Versammlung kommst, bringst du das Heft mit, das ich dir gegeben habe, und sagst, du hast es von einer Mitschülerin bekommen und interessierst dich jetzt für die Wahrheit. Dann kannst du dich suchend umschauen und mich entdecken und auf mich zeigen. Ich werde dich von wei-

75

tem flüchtig grüßen. Wage es nicht, dich neben mich zu setzen! Es wäre zwar besser, so zu tun, als kennen wir uns überhaupt nicht, aber sie würden noch vor deinem zweiten Besuch rauskriegen, dass du in der K12 bist. Dann ...«

»Hey, wird das ein Krimi?«, unterbrach ich sie. Irgendwie verdammt spannend, das alles, wenn es auch nicht exakt meinen Vorstellungen von Händchenhalten entsprach (hab meine diesbezüglichen Wünsche sowieso schon mächtig zurückgenommen).

»Wenn du so willst«, lachte sie.

Sie lachte! Das ließ sich gut an.

»Und wo spielt die Handlung?«

»Im Königreichssaal natürlich. Oder zu Hause bei ...«

»Wo find ich den?«

Sie beschrieb es mir, und da erinnerte ich mich an das Gebäude, ein neues Haus in der Stadtrandsiedlung im Süden von Pettenstein.

»Jeden Sonntag von neun bis zehn ist ein Vortrag. Du schaust dich einfach im Eingang ein bisschen unsicher um, dann ist dir sofort jemand behilflich; wenn du das nicht tust, entsteht bloß eine unnötige Neugierde, wer du wohl sein könntest, denn ein fremdes Gesicht ist bei uns sehr selten zu sehen. Klar?«

Ich nickte.

»Nach dem Vortrag ...« Sie zögerte. Dann fuhr sie stockend fort: »Der Vortrag würde ja fürs Erste reichen.«

»Was kommt danach?«, wollte ich wissen.

»Das Wachtturmstudium. Aber das ist noch nichts für dich.«

»Warum nicht? Hältst du mich für blöd?«

»Gilbert!«, rief sie abwehrend. »Es ist einfach noch ... zu früh. Du kennst ja die Bibel noch nicht!«

»Und wie ich die Bibel kenne! Seit zwölf Jahren hab ich Reli und manchmal geh ich auch in die Kirche!«

»Wenn du meinst ...« Sie wand die Arme ineinander und sah nicht glücklich aus. »Weißt du, normal fängt man mit dem Heimbibelstudium an, das andere kommt erst nach und nach. Nichts gegen Vorträge. Aber das Wachtturmstudium und auch das Versammlungsbuchstudium, das ist ... eben was für ... Insider.«

»Esther, ich bin in der K12.«

»Ich behaupte ja nicht, dass du blöd bist, aber du bist eben nicht *dran gewöhnt*!«

»Jetzt machst du mich aber neugierig.«

Sie verdrehte die Augen. »Sei einmal ernst!«

»Bin ich. Dann geh ich eben vor diesem Wachtturmstudium weg. Und was ist das andere, das auch nur für Insider ist?«

»Das Versammlungsbuchstudium. Das ist jeden Mittwoch um neunzehn Uhr. Wir treffen uns zusammen mit ein paar anderen Familien bei Brud..., bei Familie Mayr in Imsingen. Dort ...«

In ihren letzten Satz hinein läutete die Glocke. Wir fuhren zusammen. Sie brach sofort ab und sprang auf. Als ich den Schlüssel im Türschloss drehte, berührte sie meinen Arm und sagte: »Bis morgen in Englisch!«

Da, wo sie mich angefasst hat, war's wie ein elektrischer Schlag.

Seitdem bin ich süchtig danach. In jeder Englischstunde lege ich meinen rechten Arm in die Mitte des Tisches und Esther schiebt ihren Arm daneben. Ich schreibe jetzt übrigens links. Wenn man will, geht alles.

Jedem, der mir erzählt hätte, es gäbe nichts Erregenderes als die kitzelnden Härchen eines Unterarms, hätte ich einen Grundkurs im Kindergarten empfohlen. Damals, als ich noch nichts von der wahren Liebe wusste. Die wahre Liebe besteht offenbar darin, dass man ein Universum an Gefühlen in wenige Quadratzentimeter behaarter Haut am Unterarm transferiert. Stellt mindestens fünfhundert Volt her.

Esther Es ist genau so, wie in meinem Fragen-junger-Leute-Buch beschrieben: Die Liebe hat mich in ein Chaos gestürzt. Oh, Gottes Kanal weiß offenbar auch über diese Dinge genau Bescheid und warnt bestimmt zu Recht davor, sich zu verlieben.

Das Chaos ist gar nicht zu beschreiben. Sogar nach Ruths Tod ist es mir gelungen, in der Schule aufzupassen. Jetzt aber fällt es mir so schwer, als hätte ich alle Macht über mich selbst verloren – und das nicht nur in den Englischstunden, sondern in jedem Fach, so, als säße Gilbert ständig neben mir. Nach der Schule geht es weiter: Ich verkünde die Wahrheit mit leeren Worten; ich plappere beim Versammlungsbuchstudium die Antworten, ohne etwas dabei zu denken; ich kann nicht mehr beten.

Auch mein Körper spielt verrückt mit Herzjagen und Hitzewellen, mit Schlafverweigerung und Zitteranfällen. Ich bin schon so durchsichtig wie eine Amöbe – ein Wunder, dass der Spiegel mich noch abbildet.

Dabei darf niemand was davon merken!

Natürlich konnte meinen Eltern nicht ganz verborgen bleiben, dass mit mir etwas nicht stimmt. Zuerst dachten sie an eine Virusinfektion. Dann, als ich behauptete, gesund zu sein, wollten sie wissen, ob etwas vorgefallen sei, was mich beunruhige.

Was mich beunruhige!

Opa und Oma Kuske fielen mir ein, und ich erzählte, dass Oma mich angesprochen hat, dass ich aber nicht hingehört habe, sondern davongelaufen bin. Damit hoffte ich, meine Eltern von anderen Gründen ablenken zu können. Außerdem hat mich Oma wirklich schockiert mit dem, was sie gesagt hat und weil sie so gealtert ist. Es belastet mich auch, sie jeden Morgen ignorieren zu müssen.

Mama wollte wissen, ob es mir helfe, wenn sie mich zum Schulbus begleiten würde.

Das lehnte ich ziemlich heftig ab.

Ein paar Tage beobachteten sie mich stillschweigend. Dann wollte Papa eines Abends plötzlich wissen, ob es was mit einem Jungen zu tun habe, dass ich so merkwürdig sei.

Mir blieb schier das Herz stehen. Sicher wurde ich feuerrot.

Aber ehe ich eine Antwort fand, sagte Mama zum Glück: »Du darfst es ruhig zugeben. Ist es Daniel Probst? Du musst nicht denken, dass wir blind sind! Er ist ein gutaussehender junger Mann von tadellosem Charakter und wir haben seine Blicke schon lange beobachtet. Nun, Esther?«

»Nein!«, fuhr ich auf. »Ich will damit nichts zu tun haben!« Jetzt konnte ich meine Röte als Zornesröte verkaufen. Außerdem sagte ich die Wahrheit. Denn mit Daniel Probst hab ich wirklich nichts im Sinn.

Ich weiß, dass meine Eltern bereits heimlich die Fühler nach einem Ehemann für mich ausstrecken, und Daniel Probst passt in ihren Augen bestimmt gut zu mir. Er hat neben einem sicheren Arbeitsplatz auch noch den Vorzug, aus der Gegend zu sein.

Der geeignete Ehepartner muss nicht unbedingt jemand sein, den man unwiderstehlich findet, und genau wie meine Eltern kenne ich die Stelle im Fragen-junger-Leute-Buch, wo von einer gewissen Barbara berichtet wird, die sich zu einem jungen Mann nicht *übermäßig hingezogen fühlte*, die aber Gelegenheit hatte, sein christliches Verhalten zu beobachten, woraufhin sie ihn zu lieben begann, und *die Folge war eine gute Ehe*.

Das wünschen sich meine Eltern für mich auch. Sollte ich bereits jetzt an Daniel Probst Gefallen finden – umso besser. Ich würde jahrelang Gelegenheit bekommen, ihn bei christlichen Taten zu beobachten, immer in Gesellschaft anderer, versteht sich. Dann würde ich ihn schließlich heiraten und vielleicht von meinem verrückten Wunsch, Medizin zu studieren, absehen.

Ich konnte die Gedanken meiner Eltern mühelos lesen, denn unsere Richtlinien sind klar und unmissverständlich dargelegt, in Büchern und Zeitschriften und Vorträgen. Das ist normalerweise etwas, was einem große Sicherheit gibt, in allen Lebenslagen. Ich bin auch immer froh über eindeutige Regeln gewesen und habe andere, verunsicherte und desorientierte Jugendliche bedauert; ja, wie viel leichter, dachte ich immer, hätten sie's, wenn sie in der Wahrheit wären!

Mein Bruder Johannes sagte: »Ist es dann einer von der Schule?«

»Halt du dich da raus!«, fauchte ich. »Und überhaupt, lasst mich mit dem Thema in Ruhe!«

Mama lächelte begütigend. »Streitet euch nicht. Ich hab ja nur gedacht ... Aber wenn wir uns geirrt haben und du an solche Dinge noch nicht denkst, ist das ja nur gut, denn ...«

»Noch besser als die Ehe ist die Ehelosigkeit«, nahm ihr Papa das Wort aus dem Mund.

Mama stimmte ihm zu. »Wer sich zur Ehelosigkeit eignet, hat viel mehr Zeit für den Königreichsdienst. Aber das muss jeder selbst entscheiden. Nur so viel noch: Dir ist doch vollkommen klar, Esther, dass es, wenn du je daran denkst, einer sein muss, der in der Wahrheit ist?«

»Natürlich ist mir das klar!«, fuhr ich auf. Als wenn ich darüber nicht Bescheid wüsste!

»Das gilt auch für dich, Johannes«, sagte Papa.

»Jaja«, sagte Johannes. »Aber ich bleib sowieso unverheiratet. Vielleicht werde ich Vollzeitdiener, wenn ich mit meiner Lehre fertig bin.«

»Das würde der Familie und der ganzen Versammlung zur Ehre gereichen«, sagte Papa lächelnd.

»Wolltest du nicht mal Missionar werden?«, fragte ich Johannes. Ich konnte mir plötzlich gut vorstellen, dass es mir nichts ausmachen würde, ihn weit weg zu wissen, meinetwegen auf den Fidschi-Inseln.

»Schon möglich«, gab er unwillig zu.

»Also ich«, sagte ich, »wenn ich nicht Medizin studieren wollte, würde ich auf die Gilead-Schule gehen und mich für die Mission ausbilden lassen!« Das hatte mir wirklich mal vorgeschwebt, und zwar gleich, nachdem ich das Video über die Gilead-Studenten gesehen hatte: nach Amerika fliegen, mit jungen Idealisten zusammen die Bibel in fremden Sprachen lesen und dann Jehovas Königreich bis in die letzten Winkel der Erde verkünden.

»Ich glaube, unser Johannes«, sagte Mama liebevoll, »will nicht so weit von zu Hause weg.«

»Ich kann hier genauso wertvolle Verkündigungsarbeit leisten«, gab Johannes mit einem Seitenblick auf mich bekannt.

»Das ist richtig«, bestätigte Papa. Zu mir sagte er: »Du weißt, dass die Bewerbung für die Gilead Schule die Taufe voraussetzt. Und eine Eignung, die von den Ältesten sehr genau überprüft wird.«

»Ja, Papa. Ich denke aber, ich bleib doch beim Medizinstudium.«

»Denkst du auch daran, dass *die verbleibende Zeit verkürzt ist*, wie es in der Bibel heißt, und fragst du dich, ob du die Tage bis Harmagedon wirklich am besten nützt, indem du deine Zeit an der glaubensfeindlichen Universität verbringst? Geh und hol dein blaues Buch.«

Ich stand auf und brachte ihm mein Fragen-junger-Leute-Buch.

Papa blätterte kurz darin, dann las er mir mit eindringlicher Stimme vor: »*Die gut belegte Verbindung zwischen höherer Bildung und abnehmender Bindung an grundlegende religiöse Lehren mahnt ebenfalls zur Vorsicht. Christliche Jugendliche haben aufgrund des Leistungsdrucks in ihrem Dienst für Gott nachgelassen und sind so für das unchristliche Gedankengut, das von den Hochschulen gefördert wird, anfällig geworden. Einige haben an ihrem Glauben Schiffbruch erlitten.*«

Nach außen geduldig, aber innerlich erregt wartete ich, bis Papa fertig war. Ich streckte meine Hand nach dem Buch aus und sagte: »Man kann aber geistig stark bleiben, indem man die Zusammenkünfte besucht und in den Predigtdienst geht und die Bibel und biblische Literatur studiert.« Dann zitierte ich einen Satz vom Ende des Kapitels: »*Einige, die zur Universität gehen mussten, konnten sogar Pionier sein, indem sie sich ihre Kurse entsprechend zusammenstellten.*«

Das war ein Gegenargument, das ihm allen Wind aus den Segeln nehmen musste. Denn ein Pionier verpflichtet sich, monatlich 90 Stunden im Predigtdienst zu arbeiten, was keine Kleinigkeit ist. Er macht das übrigens völlig unentgeltlich; wie er nebenbei für seinen Lebensunterhalt sorgt oder ein Studium schafft, ist seine Sache. Ich kann mir nicht vorstellen, dass jemand Medizin studieren und gleichzeitig Pionier sein kann. Aber der Satz steht im Buch und Papa musste ihn anerkennen.

Er schüttelte ein wenig den Kopf. Eine Müdigkeit war in seinem tiefgefurchten Gesicht, die mich, wie schon oft, traurig stimmte.

»Esther. Überschätze deine Kraft nicht.«

Mama ließ sich auch wieder vernehmen: »Du bist ja von der Schule schon so abgespannt, dass du nur ganz wenig Predigtdienst machen kannst!«

Jetzt verlor ich die Geduld. Ich verdrehte die Augen und stöhnte.

Normalerweise hätte diese Respektlosigkeit eine strenge Rüge zur Folge gehabt.

Aber Mama schaute Papa an und Papa sagte mit merkwürdig verhaltener Stimme: »Achte auf deine Gesundheit, Esther.

In der Familie deiner Mutter gab es, hm, einen Fall von Leukämie.«

Ich starrte ihn an.

Johannes rief: »Meinst du Schwester Rehbein? Können wir das auch kriegen?«

Mama beeilte sich zu sagen: »Was redest du denn. Wir meinen doch nur, dass Esther, schmal und blass, wie sie ist, ein wenig aufpassen sollte.« Sie wich meinen Augen aus.

Ich fing an, ganz langsam zu begreifen.

Sie hatten Angst. Sie dachten daran, dass das, was Ruth getötet hat, auch mich töten könnte. Dass ich Leukämie bekommen könnte, Blutkrebs, den man unter anderem dadurch bekämpft, dass man Blutübertragungen macht. Gemäß der Bibel ist es aber guten Christen verboten, Blut zu sich zu nehmen; wer Jehova gehorcht, lehnt eine Bluttransfusion für sich oder für seine Kinder ab; wer aber aus Todesfurcht sein Gebot übertritt, ist geistig tot und muss aus der reinen Christenversammlung ausgestoßen werden.

Kurz nach Ruths tapferem Sterben erschien in *Erwachet!* der Artikel: *Jugendliche, die Gott den Vorrang geben.* Er hat in unserer Versammlung großes Aufsehen erregt, weil Ruths gottesfürchtiges Verhalten noch frisch in aller Gedächtnis war. Manche sagten: Ruth Rehbein hätte eigentlich im Text erwähnt werden müssen.

Das Heft lag monatelang offen in meinem Zimmer, weil es mir Trost und Mut gegeben hat, von jungen Leuten zu lesen, die genau so standhaft wie Ruth gewesen waren; zwei Mädchen im Alter von zwölf Jahren und ein vierzehnjähriger Junge waren im aufrichtigen Glauben an Jehovas Wort gestorben, indem sie sein Gebot, sich von Blut zu enthalten, ernst genommen hatten. Und er wird sie erwecken, das ist gewiss, und sie werden für immer in seinem Paradies auf Erden leben.

Nun kam mir zum ersten Mal der Gedanke, auch ich könnte in eine Situation geraten, in der ich beweisen müsste, dass ich Gottes Gebot bedingungslos gehorche, selbst dann, wenn ich deswegen sterben müsste.

Ein tödlicher Schreck durchfuhr mich.

Nie hab ich daran gezweifelt, dass ich ebenso standhaft sein könnte wie Ruth und diese Jugendlichen; aber genauso wenig hab ich je ernsthaft damit gerechnet, Leukämie zu kriegen.

Ich verabschiedete mich von Papa und Mama und Johannes, um in mein Zimmer zu gehen, wo Rebekka bereits schlief. Tief beunruhigt betrachtete ich ihr kleines Gesicht im Kissen. Was, wenn mein Schwesterchen morgen unter ein Auto gerät und nur dann überleben kann, wenn sie Blut bekommt?

Wir, die Familie, oder genauer gesagt: die Eltern würden für sie entscheiden müssen – würden wir sie sterben lassen?

Die Situation stand so deutlich vor meinem inneren Auge, dass mir eiskalt wurde. Ich machte ein paar Schritte rückwärts und ließ mich auf meinem Bett nieder. Es gelang mir nicht, die schlimme Vorstellung zu verdrängen, ja, mein Geist projizierte noch eine weitere hinzu: Ich sah plötzlich die andere Seite, die Seite der Ärzte. Ärzte leisten einen Eid darauf, dass sie alles daransetzen wollen, ein Menschenleben zu retten. Was sagen sie zu unnachgiebigen Eltern, während ihnen deren Kind unter den Händen wegstirbt?

Ich wusste in diesem Moment, dass ich niemals in die Chirurgie werde gehen können; ich kann höchstens praktische

Ärztin oder vielleicht Kinderärztin werden und jeden ernsten Fall ins Krankenhaus überweisen, wohin meine Verantwortung nicht reichen wird.

Später, als ich ausgezogen im Bett lag, versuchte ich, im Gebet meiner Beunruhigung Herr zu werden. Aber nicht Jehova, sondern Gilbert schaffte es durch seine ständige Anwesenheit in meinem Kopf, dass ich die schlimmen Gedanken dann doch verscheuchen konnte.

Er kam am Sonntag zum Königreichssaal. Ich sah ihn kurz vor neun aus einem großen, dunklen Auto aussteigen und auf den Eingang zuschlendern. Meine Knie fingen zu zittern an, so dass die lange Gardine, die das Fenster bedeckte, hinter dem ich stand, in Bewegung geriet.

Ich wandte mich ab und begann, auf Rebekka einzureden: Sie hätte den Wachtturmartikel diesmal doch gründlich gelesen und alle Fragen mit mir besprochen und alle Antworten vorbereitet, sie könne sich ruhig zu Wort melden und bräuchte keine Scheu vor dem Mikrofon zu haben.

»Aber ich melde mich doch, ich hab doch keine Scheu!«, sagte sie verwundert.

»Trotzdem.« Ich brauchte irgendwas, das ich tun und sagen konnte, um hinreichend beschäftigt zu wirken. Deshalb ging ich mit Rebekka noch einmal die Fragen und Antworten durch.

Wir standen neben einem der Fenster, dort konnte mich Gilbert, wenn er mich hinten von der Tür aus suchte, »entdecken«.

Es war ausgerechnet Daniel Probst, der mit ihm hereinkam. Wahrscheinlich hatte man ihm bedeutet, sich um den fremden jungen Mann zu kümmern, weil sie etwa gleich alt sind, oder er hat's von selbst getan.

Ich sah, wie Gilbert mit der Broschüre fuchtelte und wie er sich voller Interesse umblickte. In diesem Moment war ich froh, dass unser Königreichssaal hell und freundlich und einladend ist, mit der hoch aufstrebenden Holzbalkendecke, den gepolsterten Bankreihen, der Fensterfront zum Parkplatz hinaus und dem Blumenschmuck neben dem Rednerpult. Freundlich wirkten auch alle Menschen hier, ob sie schon in den Bankreihen saßen oder noch in Grüppchen herumstanden.

Gilbert mit seinem verwilderten Äußeren fiel natürlich unter uns gepflegten und sonntäglich gekleideten Menschen ziemlich auf; mir kam gleich der Gedanke, ob er sich überhaupt wohlfühlen konnte hier. Dann sagte ich mir aber, dass er mich ja auch mag, obwohl ich noch nie schlampig ausgesehen habe, und dass er das Äußere vielleicht überhaupt nicht bemerkt.

Der Versammlung musste sein Outfit natürlich sehr auffallen. Denn es wies ihn eindeutig als einen Menschen von der bösen Welt Satans aus, als einen, der wahrscheinlich Götzendienst betreibt, indem er sich Filmidole an die Wand seines Zimmers hängt, und der satanische Rockmusik hört.

Er entdeckte mich. Wir schauten uns für eine Sekunde an. Mich verließ alle Kraft und ich dachte wieder mal: Jetzt falle ich um.

Ich legte die Hand auf Rebekkas Schulter und ließ den *Wachtturm* sinken, gleichzeitig zog ich die Achseln hoch und schüttelte ungläubig den Kopf, dann lächelte ich, um meine Freude zu zeigen. Alles das galt in Wirklichkeit Daniel Probst,

87

der Gilberts Blick sofort gefolgt war, und war reines Theater. Während ich von der Schwäche, die mich gepackt hatte, nichts merken lassen durfte.

Gilbert wurde von Daniel Probst zu einem Platz geführt.

Rebekka sagte: »Wer ist denn der fremde Mann? Kennst du den?«

So gleichgültig wie möglich antwortete ich: »Ach, der ist von meiner Schule. Ich hab ihm ein Heft gegeben, und jetzt kommt er halt, um sich unsere Gesellschaft mal anzusehen.«

»Dann ist er ja ein Mensch guten Willens!«, flüsterte sie aufgeregt. »Freust du dich nicht darüber?«

»Doch, natürlich.«

Mama unterhielt sich mit einer Glaubensschwester und hatte bisher nur Gilberts Anwesenheit registriert, wie ich an ihren aufmerksamen Augen sehen konnte, einen Zusammenhang zu mir vermutete sie anscheinend nicht.

Johannes stand bei zwei anderen Jungen, die wie er während des Wachtturmstudiums mit den Mikrofonen laufen würden; zu dritt stellten sie offenbar Spekulationen darüber an, wer der Fremde sein könnte.

Dann sah ich, wie Daniel Probst mit Papa redete, der daraufhin sofort meinen Blick suchte. Ich wandte mich mit Eifer Rebekka zu. Ich war froh, dass mir die frischgewaschenen Haare über die Wangen fielen, die bestimmt für eine, die im Verdacht stand, Leukämie zu kriegen, viel zu rot waren.

Wir erhoben uns alle und sangen ein Lied, danach sprach der vorsitzführende Aufseher ein kurzes Gebet und kündigte den Gastredner an.

Ich lehnte mich aufatmend zurück. Jetzt hieß es nur noch, die Stunde zu überstehen, mit Gilberts Anwesenheit im

Raum, und zu hoffen, dass die Rede halbwegs interessant sein würde.

Ich weiß, dass ich lebensrettende Botschaften, die von der Zentrale in Brooklyn allwöchentlich in alle Welt gesandt werden, nicht etwa *halbwegs interessant*, sondern hochwichtig finden und mit Aufmerksamkeit mir zu eigen machen müsste.

Da liegt mein größtes Problem. Ganz bestimmt bin ich eine begeisterte Christin, die Jehova aus vollem Herzen dienen möchte. Aber es fällt mir unglaublich schwer, mich auf wiederkehrende Botschaften zu konzentrieren. Viele Dinge höre ich so oft, dass ich bereits jetzt ungeduldig werde und mich manchmal mit Schrecken frage, wie ich erst in zehn Jahren darüber denken werde.

Jedes Mal, wenn mir das passiert, weiß ich, dass es eine Versuchung Satans ist, und ich bete zu Jehova um *Kraft, die über das Normale hinausgeht*, die er mir eigentlich gewähren müsste, denn es handelt sich sicher um eine Bitte, die seinem Willen entspricht.

Und doch falle ich immer wieder in meinen schlimmen Fehler zurück: Aus Langeweile gebe ich mich sündigen Gedanken hin. Heute ist es Gilbert, der meinen Kopf ausfüllt, und früher waren es Romane, die ich zuvor heimlich gelesen hatte.

Es war seit jeher mein größter Ungehorsam, dass ich wertvolle Zeit vergeudete, indem ich Romane las, die mich überdies auch noch tagelang beschäftigten. Ich holte sie in der Schulbücherei und versteckte sie zwischen meinen Heften, bis ich sie ausgelesen hatte und wieder abgeben konnte. Seit ich aber ernsthaft mit der Taufvorbereitung begonnen habe, habe ich diese schlechte und süchtigmachende Gewohnheit abgelegt.

Solange ich klein war, hat Mama immer dafür gesorgt, dass ich nur erbauliche Literatur las, die unter der Leitung unseres Schreibkomitees in Brooklyn entstanden ist; sie erklärte mir die bunten Bilder, die vielfach für sich selbst sprachen, und gab mir immer *geistige Speise zur rechten Zeit*, wie sie sich ausdrückte. Als ich ins Gymnasium kam, verlangte sie jedes Jugendbuch zu sehen, das ich mitbrachte; sie prüfte es und erlaubte mir danach, es zu lesen, oder befahl mir, es ungelesen zurückzugeben.

Damals begann mein Ungehorsam. Ich ging dazu über, ausgeliehene Bücher nicht mehr zu erwähnen, und lebte in ständiger Angst, dass Mama meine Tasche kontrollieren könnte. Was sie auch manchmal tat, aber ich hatte immer Glück.

Nur war mir natürlich bewusst, dass ich vielleicht meine Eltern täuschen konnte, niemals aber Gott, der alles sah. Jeden Tag nahm ich mir vor, mich zu bessern, und beim Abendgebet flehte ich zu Jehova, mich nicht zu verstoßen und mit Harmagedon noch zu warten.

Satan aber führte meine Hand, so dass ich immer wieder Bücher aus den Regalen zog, die nicht erbauend waren, und er flüsterte mir ein, weiterzulesen, wenn Stellen kamen, wo Jugendliche Unzucht miteinander trieben.

Und dann passierte es eben, dass all das Gelesene in meinem Kopf auftauchte, wenn ich mich bei Vorträgen langweilte.

Am Sonntag aber, als Gilbert kam, hörte ich aufmerksam zu. Jedoch, wie ich bald feststellte, nicht mit den Ohren einer

Christin, sondern mit den Ohren eines Ungläubigen, nämlich mit denen von Gilbert: Waren die Worte des Redners geeignet, ihn zu fesseln, oder lächelte er darüber oder langweilten sie ihn?

Mal dachte ich so, mal so – ich kann mich nicht erinnern, jemals zuvor so ängstlich gelauscht zu haben.

Als die Ansprache zu Ende war, schwitzte ich unter den Achseln. Wir standen alle auf, um ein Lied zu singen. Das gab mir Gelegenheit, zur anderen Saalhälfte hinüberzuschielen, wo Gilbert saß. Auch er stand auf. Würde er jetzt gehen? Nein, er schaute in das Liederbuch hinein, das Schwester Jennowein ihm hinhielt.

Dann beobachtete ich, dass Papa sich ihm näherte und ihm leise etwas erklärte. Aha, dachte ich, er schlägt ihm vor, jetzt besser zu gehen. Aus Furcht, dass jemand etwas merken könnte, schaute ich nicht mehr hin. Eine Minute später war Gilbert verschwunden.

Das war richtig so, natürlich. Aber alles war jetzt plötzlich anders. Die Vormittagssonne vergeudete ihren Glanz, die Blumen auf der Bühne blühten umsonst, das Gemeinschaftsgefühl schmeckte schal.

Während ein Aufseher den ersten Abschnitt des Wachtturmartikels vorlas (den ich übrigens schon auswendig konnte, weil ich ihn mit Rebekka durchgearbeitet hatte), entstand eine Bewegung hinten bei der Tür und dann in der Saalmitte.

Ich schielte und traute meinen Augen kaum: Gilbert kehrte zurück!

Er zuckte die Achseln und wagte es, mich anzugrinsen.

Schockiert wandte ich den Blick nach vorn. Die folgende

Stunde bescherte mir regelrechte Qualen. Hatte schon der Gastredner ausschließlich vom verderblichen Treiben der Menschen gesprochen, von freizügigen Lebensauffassungen, von der respektlosen Einstellung der Jugend, von der Schuld der Professoren, die Evolution und Atheismus lehren, von Unsittlichkeit, Gewalttätigkeit und Hoffnungslosigkeit, und hatte er bereits aus all diesen Missständen geschlossen, dass der Schlussteil der großen Drangsal bald beginnen wird und dass nur eine kleine Gruppe von treuen Christen Jehovas Strafgericht überleben wird, so war auch jetzt ständig die Rede von *Furcht.*

Was hat der Mensch der Schöpfung Gottes angetan? Wie wird Jehovas Reaktion aussehen? waren zwei der Fragen, die der Wachtturm-Studienleiter vorlas, und im Text hieß es unter anderem:

Die Zerstörung der Erde schreit nach einer Abrechnung, und viele haben Grund, sich davor zu fürchten. Die Bibel spricht von einer kommenden großen Drangsal, die ihren Höhepunkt im Krieg von Harmagedon erreichen wird. Es handelt sich um Gottes Strafgericht an dem gegenwärtigen verunreinigten System der Dinge und an dessen Verschmutzern.

Musste Gilbert sich und seinesgleichen als *Verschmutzer* empfinden? Wie wirkten die harten Worte auf ihn, der doch nicht an diese Sicht der Tatsachen gewöhnt ist? Warum hieß es ausgerechnet im heutigen Artikel, dass Jehovas Zeugen der Menschheit eine *warnende Gerichtsbotschaft* verkünden und dann auch noch *unter der Leitung der Engel?* Und musste Letzteres wirklich durch ein reichlich unrealistisches Beispiel belegt werden?

Ich erschrak vor meinen eigenen Gedanken. Gerade die

Geschichte mit den Engeln hatte ich zu Hause dazu benützt, Rebekka aufzumuntern.

Es ist immer wieder festzustellen, hatte ich ihr vorgelesen, *dass Zeugen Jehovas offensichtlich von Engeln zu einem Haus geführt werden, in dem sich eine bedrückte Person nach Hilfe sehnt.* Dann kam das Beispiel, das ich besonders geeignet für Rebekka gefunden hatte: *Zwei Zeugen Jehovas, die ein kleines Kind bei sich hatten, verkündigten auf einer Insel in der Karibik die gute Botschaft. Gegen Mittag beschlossen die beiden Erwachsenen, ihren Dienst für diesen Tag zu beenden. Doch das Kind beharrte darauf, noch das nächste Haus aufzusuchen. Da es sah, dass die Erwachsenen im Moment nicht dazu bereit waren, ging es allein dorthin und klopfte. Eine junge Frau öffnete die Tür. Als die Erwachsenen das sahen, kamen sie herüber und sprachen mit ihr. Sie bat sie herein und erzählte ihnen, dass sie, als es an der Tür klopfte, gerade zu Gott gebetet habe, er möge Zeugen Jehovas zu ihr senden, die mit ihr die Bibel studieren.*

Erstens, dachte ich rebellisch, während der Aufseher las, hab ich noch kein Kind erlebt, das freiwillig länger Predigtdienst macht als seine Eltern, und zweitens hat mir noch keiner erzählt, er hätte soeben darum gebetet, dass ich komme.

Rebellion ist Satans Werk. Er war der Erste, der sich gegen Gott aufgelehnt hat, und nur er bringt die Menschen dazu, es auch zu tun.

Ich fühlte mich furchtbar.

Als die Folter zu Ende war, stand ich mit den anderen zusammen auf. Nach einem weiteren Lied und einem abschließenden Gebet, das der vorsitzführende Aufseher sprach, begann sich die Versammlung aufzulösen. Ich trödelte an meinem Platz, weil ich Gilbert Zeit geben wollte, zu verschwinden.

Aber es kam anders. Papa brachte ihn zu mir und sagte: »Dieser junge Mann kam zur Versammlung, weil du sein Interesse mit einer Schrift geweckt hast. Geht ihr in dieselbe Klasse?«

»Bei uns gibt's doch keine Klassen mehr«, würgte ich hervor, »wir sind in der Kollegstufe. Mit Gilbert Wink bin ich nur im Englischkurs zusammen.«

Nach dieser erschöpfenden Rede wagte ich es zum ersten Mal, Gilbert richtig anzuschauen.

Er machte zu meiner Erleichterung genau das Gesicht, das Papa gefallen musste, und kompromittierte mich in keiner Weise.

Wir standen ein wenig linkisch herum, bis Papa abschließend sagte: »Sie sind herzlich eingeladen, wiederzukommen. Wenn Sie Literatur möchten oder an einem kostenlosen Bibelkurs Interesse haben, sagen Sie es bitte.«

Gilbert Irre Sachen mache ich neuerdings. Bettle Paps den heiligen BMW ab, und anstatt ein paar Kumpels reinzupacken und bei McDrive vorzufahren, parke ich ihn gerade mal drei Kilometer weiter auf einem Platz, wo ihn Paps nicht mal erkennen würde, weil er nämlich nicht im Traum auf den Gedanken käme, das könnte er sein.

Hab gesagt, dass ich zu Achim muss, weil wir ein Referat ausarbeiten.

Mom hat mir an der Tür zugeflüstert: »Er kontrolliert den Kilometerstand.«

»Kann er«, hab ich gesagt.

Paps wird feststellen, dass ich mich zum Musterknaben entwickle.

Der Parkplatz vor dem KÖNIGREICHSSAAL DER ZEUGEN JEHOVAS war erst halb voll. Im Hauseingang standen muntere Leutchen in Sonntagslaune, die sich bei meinem Anblick gut im Griff hatten (gewöhnlich wechseln brave Bürger die Straßenseite, wenn sie mich so kommen sehen; konnte mich nicht gut in Schale werfen, um mit Achim ein Referat zu machen).

Man schmiss mich also nicht raus, sondern behandelte mich im Gegenteil äußerst zuvorkommend. Ein geschniegelter Typ in meinem Alter wurde abkommandiert, sich um mich zu kümmern – das Heft in meiner Hand war das reinste Sesam-öffne-dich.

Den Namen *Esther Schwenda* sagte ich so beiläufig, wie ich nur konnte, obwohl mich die Tatsache, dass sie da vorn am Fenster stand, alles andere als kalt ließ. Ich versuchte, durch hilfloses Herumtapsen den Geschniegelten von seiner Richtung abzudrängen, was leider umsonst war, er brachte mich in die andere Saalhälfte. Hätte er mich nicht neben Esther platzieren können, wo ich doch so fremd hier war? Wirklich, ich begriff's nicht. Esther hatte mich zwar vorgewarnt, aber ich hab's nicht geglaubt.

Ich guckte mich um. Also, wenn das hier Menschenfresser waren, dann konnten auch Marienkäfer Menschenfresser sein, dann stimmte eben nichts mehr auf der Welt. Ich fragte mich ernsthaft, ob Esther nicht vielleicht Gespenster sieht.

Doch das würde wieder nicht zu ihrer Intelligenz passen. Jedenfalls, bis es so weit ist, dass ich ihre Bedenken wegfegen kann, muss ich wohl oder übel so vorsichtig und zurückhaltend sein, wie sie's haben will.

Während ein Laberkopf am Rednerpult die kaputten Zustände auf diesem Planeten schilderte und leider keine Besserung melden konnte, sondern eine große Drangsal, versetzte ich mich in Gedanken an Esthers Seite. Ich spürte ihre Schulter und noch einiges mehr, ich blies ihr das Haar weg und küsste sie aufs Ohr – ich stellte es mir so intensiv vor, dass ich mich nicht im Geringsten wunderte, als sie sich dort kratzte und danach die Haare hinters Ohr klemmte. Bald fielen sie allerdings wieder drüber und ich musste meine Magie von vorn beginnen.

Der Laberkopf redete eine ganze Stunde lang.

Danach erhoben sich alle für ein Lied. Es unterschied sich kaum von unseren Kirchenliedern, nur dass eben Gott Jehova heißt, na ja, warum auch nicht.

Ein älterer Mann (Esthers Vater, wie sich später herausstellte) beugte sich über mich und meinte, der offizielle Teil sei nun eigentlich zu Ende.

Ich begriff das als eine höfliche Aufforderung, gefälligst abzuhauen. Was Esther betraf, so nahm ich mir vor, sie am Montag dafür büßen zu lassen, dass sie nicht mal herguckte.

Draußen stand ich vor einem Problem. Ich hätte den BMW nur dann wegbewegen können, wenn er ein Hubschrauber gewesen wäre. Denn die lieben Leutchen hatten mich restlos zugeparkt. Mir blieb gar nichts anderes übrig, als wieder hineinzugehen. Drinnen fand ich so was wie einen Aufseher, dem ich die Situation erklärte.

Na ja, und dann saß ich eben wieder an meinem Platz. Esther, das geizige Stück, schaute her, aber auch gleich wieder weg, sie schenkte mir nicht mal ein Lächeln – dabei lächelten mich alle anderen Leute unentwegt an.

Jetzt war Fragestunde. Einer las was vor, ein anderer fragte was, woraufhin sich immer ein paar Leute meldeten wie in der Schule. Der Frager rief jemanden auf; jedes männliche Wesen nannte er *Bruder* Sowieso und jedes weibliche Wesen *Schwester* Sowieso, die Kinder kannte er beim Vornamen. Von hinten kam dann ein Mikro am langen Stab und wurde Bruder/Schwester/Kind vor die Nase gehalten. Drei adrette Jungs bedienten die Mikrofone, wobei sie leider nicht ein einziges Mal übers Kabel flogen oder sich in die Quere kamen.

Esther meldete sich nie. Übrigens meldet sie sich auch in der Schule kaum mehr, seit ich neben ihr sitze. Wird sie vielleicht normal? Oder ist es mein schlechter Einfluss?

Von den Fragen begriff ich keine einzige. Sie standen in irgendeinem Zusammenhang zum vorgelesenen Text, aber bei vorgelesenen Texten schalte ich gewöhnlich ab. Bei zu komplizierten Fragen auch: *Wie wurde am Roten Meer deutlich, von welchem Wert die Furcht vor Gott ist?* Echt, wie hätte ich das wissen sollen.

Komisch war nur, dass ich auch keine Antwort verstand. Obwohl der Mensch am Rednerpult jeden Beitrag mit *ja* oder *richtig* kommentierte, was bedeuten musste, dass es sinnvolle Antworten waren. Ich schielte ins Heft, das Schwester Jennowein (ob ich sie auch so nennen musste?), die Frau neben mir, in der Hand hielt. Es war vollgekritzelt mit Randbemerkungen.

Sie spürte meinen Blick und streckte mir das Heft sofort hin. Da nahm ich es eben, um sie nicht zu kränken, und las einen Abschnitt, in dem ich mich prompt erwähnt fand: *Das Überleben dieser Weltkatastrophe wird keine Sache des Zufalls sein. Wer überleben möchte, muss Jehova fürchten, ihn als rechtmäßigen Souverän anerkennen und sich ihm hingegeben haben. Tatsache ist jedoch, dass die meisten Menschen nicht die nötige Furcht entwickeln werden, um des Schutzes würdig zu sein.* Einer von den zuletzt Genannten bin vermutlich ich.

Nach einer weiteren Stunde und einem Lied und einem Gebet war die Show zu Ende.

Also, ich muss sagen, so lange hat bei uns noch kein Gottesdienst gedauert, nicht mal zu Ostern oder zu Weihnachten. Und ich hab auch noch nicht oft erlebt, dass die Leute ihre Babys mitschleppen; mit zweien von der Sorte mussten die Mamis zwischendurch hinausgehen, vielleicht um ihnen die Brust zu geben. Gewundert hab ich mich über Kinder wie die Kleine neben Esther, die nicht nur ohne einen Mucks durchgehalten, sondern auch Antworten gewusst haben, vor denen ich hätte passen müssen.

Na, dachte ich, als die Kinder anfingen rauszulaufen, jetzt werd ich mich wohl endlich mal zu Esther begeben dürfen, wenn ich schon zwei Stunden lang brav hier gesessen hab. Und richtig, der Mann, der mich so höflich hinausgeschmissen hatte, kam wieder her, diesmal, um mich genauso zuvorkommend zu ihr zu bringen.

»Sie kennen meine Tochter von der Schule?«, wollte er wissen.

»Hach ja«, nuschelte ich, »wie man sich eben so kennt, vom Sehen, an 'ner Riesenschule mit neunhundert Leuten.«

Denke mal, Esther wäre mit mir zufrieden gewesen, wenn sie's gehört hätte.

Von ihr wollte er dann wissen, ob wir in derselben Klasse sind. Ich schaute sie kaum an, um mich nicht zu verraten.

Sie servierte ihn mit einer ziemlich unwirschen Antwort ab, aber er tat uns nicht den Gefallen wegzugehen. So standen wir eine Weile herum, bis er anscheinend das Gefühl hatte, jetzt wär's genug. Er bot mir einen kostenlosen Bibelkurs oder so was an.

Zum Sonntagskaffee hat er mich nicht eingeladen. Und auch nicht dazu, Esther zu einem Spaziergang abzuholen – das zumindest hätte ich bei so netten Leuten schon für möglich gehalten. Kino oder Disco oder aufs Zimmer sitzen hätt ich ja gar nicht verlangt.

Das war also mein Sonntagstreff mit Esther.

Der glatte Wahnsinn. Hoffentlich fragt mich in nächster Zeit keiner, wie meine Dates zur Zeit so ablaufen.

Die Leute vom Englisch-LK haben's inzwischen übrigens geschnallt. Na, und da ist's natürlich kein Wunder, dass jetzt alle, die mich kennen, wissen: Der Gilbert ist mit Esther Schwenda zusammen. Ich blocke die Anspielungen cool ab und mach auf großes Geheimnis. Wenn die wüssten, dass es wirklich eins ist!

Ein paar Mädels aus Esthers früherer Klasse, die ich ganz gut kenne, haben mich wissen lassen, dass ich mir was drauf einbilden kann, denn die Esther Schwenda ist so wählerisch, dass sie noch keinen rangelassen hat.

Hört man gern, dachte ich.

Nur hätte sie natürlich mit meiner Person eine Ausnahme machen können, was sie aber nicht tat; ihren Arm zu berühren blieb weiterhin das Höchste der Gefühle. Ein bisschen gesprächiger ist sie geworden, das ja.

Sie wollte gleich am Montag wissen, ob ich mich nicht gelangweilt hätte; es muss ihr ziemlich Kopfzerbrechen gemacht haben, denn sie schaute ganz ängstlich drein.

»Interessanter«, sagte ich, »wär's natürlich gewesen, wenn ich dabei wenigstens deine Hand hätte halten dürfen.« Mit diesen Worten legte ich meine Finger um ihr schmales Handgelenk, was ich schon lange hatte tun wollen.

Sie zuckte zusammen und wollte den Arm wegziehen. Aber ich schaute sie an und da schaffte sie's nicht.

»Die Texte«, hauchte sie, »waren gestern leider ziemlich, na ja … erschreckend.«

Waren sie das?

Ich schüttelte beruhigend den Kopf. »Hab sowieso nur immer zu dir geschielt«, gestand ich, »hab wenig gehört.«

Das schien sie zu erleichtern. Sie entspannte den verkrampften Arm und lächelte sogar. Ohne den Lemmer und die anderen hätte ich in dem Moment versucht, sie zu küssen, ungelogen.

Ich merkte, dass es gut gewesen war, mich bei ihren Leuten zu zeigen. Es hat sie immerhin zum Reden gebracht. Und sie schlägt nicht mehr sofort die Augen nieder, wenn's gefährlich wird, sondern hält ein paar hundert Volt aus.

Deshalb beschloss ich, so oft wie möglich zu kommen und die Gesellschaft an mich zu gewöhnen. Man wird ja zu gar nichts gezwungen, wie ich festgestellt habe. Dann, denke ich, kann's nicht mehr lange dauern, bis ich akzeptiert bin und auch mal neben Esther sitzen darf, das wenigstens.

Ich bestand also gleich darauf, am Mittwochabend dorthin zu kommen, wo sie sich zu ihrem sogenannten Versammlungsbuchstudium treffen.

Zuerst zuckte Freude über ihr Gesicht. Dann wollte sie aber gleich wissen:

»Warum?«

»Um dich zu sehen, natürlich.«

Sie reagierte nicht darauf. Genügte ihr die Antwort nicht?

»Damit sich deine Leute an mich gewöhnen können«, ergänzte ich.

Offenbar reichte das noch immer nicht, denn sie rückte die Adresse nicht heraus.

Ich versuchte es mit: »Ich sollte ja vielleicht auch deinen Glauben kennenlernen, wenn dir der so wichtig ist.«

Jetzt hatte ich die magischen Worte gefunden. Sie schrieb die Adresse auf einen Zettel.

Am Mittwoch kreuzte ich vor dem Häuschen in Imsingen auf. Die Tür war einladend geöffnet und zusammen mit anderen Leuten trabte ich hinein. Das Wohnzimmer war vollgestellt mit den unterschiedlichsten Sitzmöbeln. Esther saß auf einem Küchenstuhl und wurde so rot wie das Buch in ihrer Hand, als sie mich sah.

»Hallo«, sagte ich. Kann nicht behaupten, dass mir absolut wohl in meiner Haut war. Ich suchte mir einen Platz ihr gegenüber, aber in der hinteren Stuhlreihe, denn ich musste meine glühende Birne verstecken.

Als der Hausherr (an den Pantoffeln zu identifizieren) sich von seiner Überraschung erholt hatte, begrüßte er mich etwas zögernd als *willkommenen Gast, dem die geistige Speise nicht vorenthalten wird,* und drückte mir auch so ein rotes Buch in die Hand.

Danach ging's los, wie es am Sonntag aufgehört hatte. Einer sprach ein improvisiertes Gebet, darauf war Lese-Frage-Antwort-Stunde.

Für die Kinder war ich interessant wie ein Kaninchen mit Hörnern; ich merkte, dass sie sich Mühe gaben, mich nicht anzustarren, aber manchmal ging's mit ihnen durch.

Esther dagegen behandelte mich wie Luft. Es machte mich nach einer Weile wütend – einmal wenigstens könnte sie wohl herschauen! Deshalb fixierte ich sie herausfordernd. Bis ich feststellte, dass ihre Wimpern sich noch tiefer senkten und die Zähne sich in ihre Unterlippe gruben. Womit sie meinen Blick wahrgenommen hat, weiß ich nicht, mit den Augen sicher nicht. Da ich nicht wollte, dass sie sich ihre schöne Unterlippe blutig biss, gab ich nach und beschäftigte mich mit dem Buch.

Die Texte waren äußerst merkwürdig und unverständlich. Was aber anscheinend nur ich so empfand, denn die Leute im Raum redeten so selbstverständlich darüber, als wär's das Fernsehprogramm. Ich versuchte mit halber Kraft, dem zuzuhören, was da vorgelesen, gefragt und geantwortet wurde – aber ich verstand nur Bahnhof. Bevor ich anfing, an meinem Grips zu zweifeln, bemerkte ich, dass all die Kinder hier auch abgeschaltet hatten; sie guckten völlig hohl und manche schliefen ein. Das erleichterte mich halbwegs; wenigstens stand meine geistige Kapazität nicht *unter* der ihren.

Ob ich nachher ein wenig mit Esther in der Dunkelheit am Zaun stehen durfte? Denn irgendwie musste das hier doch locker ausklingen, mit Reden und Lachen und 'nem Schluck Bier und ein paar Brötchen – war nicht am Anfang von Speise die Rede gewesen?

Zu meiner Überraschung löste sich die Versammlung aber einfach auf, das heißt, nach dem Gebet marschierten alle hinaus. Ich hatte gerade noch Zeit, mich in Esthers Nähe zu drücken und verlauten zu lassen:»Soll ich jemanden mitnehmen? Ich kann auch über Hüffeldingen nach Pettenstein fahren!«

Man war sehr freundlich. Aber eine Absage war's trotzdem. Ich sah Esther inmitten ihrer Sippe in dem grauen Kleinwagen verschwinden, der sie manchmal von der Schule abholt.

Der Mensch in den Filzpantoffeln, den alle hier Bruder Mayr nennen, zeigte Lust, noch ein wenig mit mir zu labern. Dass Esther mir lieber gewesen wäre, auf den Gedanken kam er gar nicht. Die fuhr inzwischen eingekeilt nach Hüffeldingen zurück, dabei hätte sie so schön neben mir im BMW sitzen können.

Vorsichtig erklärte er mir, es wäre vielleicht besser, mit einem Bibelkurs zu beginnen, das Versammlungsbuch sei für einen Laien doch sehr schwierig. Anscheinend besitzt er die Sehergabe. Die Botschaft, meinte er dann, entwickle sich logisch und kinderleicht, wenn man eine bestimmte Reihenfolge beachte.

In mir tauchte die Angst auf, dass er mir *persönlich* den Bibelkurs verpassen wollte.

Er wollte mir den Bibelkurs persönlich verpassen. Völlig kostenlos, betonte er. Und er käme dazu gern zu mir nach Hause.

Zu mir nach Hause?

Ich stellte mir Moms Gesicht vor und den beißenden Spott meines Vaters. Das lieferte mir die Ausrede.

103

»O nein«, sagte ich, »das geht nicht. Meine Eltern dürfen nichts davon wissen.«

Das freundliche Interesse wich nicht aus seinen Augen. Was musste ich eigentlich noch vorbringen?

Er meinte, es wäre sicher angebracht, ihnen mit Bestimmtheit, wenn auch mit gebührendem Respekt, meinen Willen kundzutun. Wenn sie meine Entschlossenheit sähen ...

»So entschlossen bin ich noch nicht«, sagte ich schnell. *Verzeih mir, Esther.*

Da legte er den Rückwärtsgang ein. »Oh, wir üben natürlich keinen Druck aus! Sie selbst bestimmen, ob Sie mehr von der Wahrheit hören wollen, und man gibt Ihnen geistige Speise.«

Fürs Erste hatte ich genug. Ich bedankte mich und machte, dass ich wegkam.

Esther

»Sind alle jungen Leute an deiner Schule so nachlässig und ungekämmt?«, wollte Papa wissen. Ich hatte der Familie übrigens rechtzeitig mitgeteilt, dass Gilbert Wink eventuell zum Versammlungsbuchstudium kommen würde. Nun lag das hinter uns und wir befanden uns auf dem Heimweg.

»Mehr oder weniger«, gab ich zur Antwort.

»Daran siehst du, dass die höhere Schule vom bösen Geist der Welt durchdrungen ist.«

»Papa, Kleidung und Frisur sind Äußerlichkeiten ...«

»... die deutlich zeigen, wie ein Mensch innerlich beschaffen ist«, nahm er mir das Wort aus dem Mund.

Ich schluckte eine heftige Entgegnung hinunter.

Mama antwortete an meiner Stelle. Sie bemühte sich spürbar um einen sanften, unterwürfigen Ton, wie immer, wenn sie eine andere Meinung hat als Papa und ihm dennoch seine Stellung als Haupt der Frau nicht streitig machen will. »Aber dieser junge Mann sucht die Wahrheit. Wenn er dabeibleibt, wird er mit der Zeit sein Inneres und sein Äußeres in Ordnung bringen. Wie kam es dazu, Esther, was hat ihn bewegt?«

Ich war dankbar für die Dunkelheit im Auto. Fieberhaft dachte ich über einen hinreichenden Grund nach. »Seine Familienverhältnisse könnten eine Ursache sein«, murmelte ich.

»Sind die Eltern geschieden?«

»Nein. Aber sie sind beide berufstätig und Gilbert ist das einzige Kind. Ich habe ihm gesagt, dass wir in unserer Organisation alle Brüder und Schwestern sind, enger verbunden als leibliche Geschwister.«

»Das hast du gut gemacht.«

Ich verschwieg, dass Gilbert und ich nicht wie Geschwister füreinander empfinden.

Aber Johannes, das Stinktier, beugte sich über Rebekka hinweg zu mir rüber und sagte: »Warum wirst du eigentlich immer rot, wenn er dich anschaut?«

Zorn und tödliche Verlegenheit fuhren in mich.

»Spinnst du?«, fauchte ich.

»Aber ich hab's doch gesehen!«

»Ich denke, du schaust immer eifrig in dein Buch?«

»Das tu ich. Aber deswegen bin ich nicht blind!«

»Johannes, Esther!«, rief Papa erzürnt.

Gleichzeitig drehte sich Mama nach hinten: »Hört auf zu

streiten! – Esther, empfindest du etwas für den jungen Mann?« Es klang zugleich ängstlich und drohend.

»Aber Mama, nein! Es ist mir nur peinlich, dass er von meiner Schule ist!«

Wer Lügen vorbringt, wird nicht entrinnen, warnt die Bibel. Ein guter Christ lügt niemals, auch nicht in der Not. Und nicht, um sich berechtigten Zuchtmaßnahmen zu entziehen. Bin ich keine gute Christin mehr? Kann eine, die demnächst ihre Hingabe an Gott in der Taufe allen Gläubigen kundtun wird, so die Wahrheit abstreiten?

Darüber dachte ich erst später nach. Zunächst fühlte ich nur meine große Not und einen übermächtigen Zorn auf Johannes.

Rebekka muss das gespürt haben, denn sie schmiegte sich tröstend in meinen Arm.

»Ist es dir peinlich, weil er so aussieht?«, fragte Johannes lauernd.

Nein, wollte ich schreien, es ist mir peinlich, dass er sieht, wie geleckt du bist!

Ich beherrschte mich in letzter Sekunde, zutiefst erschrocken über die Rebellion in meinem Inneren, bei allem Zorn auf meinen Bruder. Zitternd drückte ich Rebekka an mich.

»Kannst du dich mal um deinen Kram kümmern?«, sagte ich mit schmalen Lippen zu Johannes.

»Ich habe keinen Kram. Und ich folge nur der Bibel, die sagt: *Seid wachsam und ...«*

»Missbraucht nicht Gottes Wort für eure Streitigkeiten«, warnte Papa streng.

Da hielt Johannes endlich den Mund.

Es gelang mir auch in dieser Nacht nicht, Trost im Gebet zu finden. Obwohl ich gemäß Gottes Willen bat: Hilf Gilbert, sich rasch für die Wahrheit zu entscheiden.

Ich sah plötzlich unendliche Schwierigkeiten voraus. Warum lässt Jehova zu, dass ich mutlos werde, jetzt, wo Gilbert doch Interesse zeigt und bereits in die Versammlung kommt, was selten jemand von sich aus tut? Zürnt er mir, weil ich gelogen habe, oder wendet er sich ganz von mir ab, weil nicht er mir die Empfindungen für Gilbert eingibt?

Ich befand mich in einem Zustand grenzenloser Verwirrung. Und es gab keinen Menschen, dem ich mich anvertrauen konnte. Auch Jehova, der angeblich immer für uns da ist, schwieg.

Plötzlich ertappte ich mich dabei, wie ich in meiner Vorstellung bei Oma Kuske saß und ihr alles erzählte; der Wunsch war so übermächtig, dass mir im ersten Moment das Verwerfliche meines Gedankens gar nicht bewusst war: Einer Abtrünnigen wollte ich mich anvertrauen! Einer, die von Gott und seiner reinen Organisation abgefallen war!

Das sagte ich mir gleich voller Schrecken. Und trotzdem sehnte ich mich nach dem verständnisvollen Wort meiner Oma, die seit fast zwei Jahren an jedem Schultag geduldig darauf wartet, dass sie mit mir reden kann.

Ich weinte in dieser Nacht mein Kissen nass. Und am nächsten Morgen fiel es mir sehr schwer, an Opa und Oma Kuskes Auto scheinbar achtlos vorüberzugehen.

Umso erfreulicher war es dann, neben Gilbert zu sitzen.

Er wollte von mir wissen, ob *ich* ihm den Bibelkurs verpassen dürfe, von dem immer die Rede sei.

»Wohl kaum«, sagte ich lächelnd.

»Und warum nicht?«

»Also, hör mal!« Hatte er noch nicht begriffen, dass ich, die nicht einmal mit einem *gläubigen* jungen Mann allein sein durfte, ganz sicher nicht die Erlaubnis bekommen würde, zu ihm zu gehen?

»Höchstens in Begleitung meines Vaters«, sagte ich.

Das gefiel ihm nicht sonderlich. Aber es sei besser als nichts.

»Soll ich meinen Vater fragen?«, schlug ich vor. »Ich könnte ihm sagen, dass du den Wunsch hast, die Bibel mit mir zu studieren, weil wir uns von der Schule kennen; ich darf natürlich nicht zu begeistert sein, außerdem wird er einwenden, dass es fähigere Leute als mich gibt, um jemanden in der Bibel zu unterweisen, einen Aufseher zum Beispiel ...«

»Einen Aufseher?«

»Ja. Mein Vater ist auch einer.«

»Ja dann ..., aber nur, wenn du mitkommst.«

»Also, dann frag ich ihn.«

»Ja.« Gilbert zögerte. »Und wenn wir uns auch mal allein treffen würden, vielleicht wieder im Park?«

Ich erlag der Versuchung. »Aber nur bei Regenwetter, wenn keiner dort ist!«

Als wir uns nach der Stunde verabschiedeten, flüsterte Gilbert: »Ich bete um Regen.«

Gott erfüllt uns das, worum wir ihn *gemäß seinem Willen* bitten; am Freitagmorgen hingen die Wolken tief und zur fünften Stunde, meiner Freistunde, regnete es.

Offenbar wollte Gott, dass ich Gilbert traf.

Ich lief klopfenden Herzens in den Park. Gilbert erwartete mich unter einem Baum. Er nahm einfach meine Hand und gemeinsam rannten wir zum Blockhaus. Drinnen wollte er mich an seine Seite ziehen, aber das durfte ich nicht zulassen, es war viel zu gefährlich. So viel weiß ich nun schon von mir und von Gilbert, dass bereits ein Blick genügen kann, um den Verstand auszuschalten, wie viel mehr erst der enge Körperkontakt auf der schmalen Bank. Ich missachtete ja schon die erste Anleitung im Fragen-junger-Leute-Buch, nämlich Situationen zu meiden, die zu Unsittlichkeit führen können; eine Begleitperson hätte alle Gefahren gebannt.

Aber hatte Gott es nicht regnen lassen? Vielleicht wollte er meine Standhaftigkeit prüfen.

Außer Atem von Ich-weiß-nicht-was – von dem bisschen Laufen kam's nicht –, setzte ich mich auf die gegenüberliegende Bank.

Gilbert zog an meiner Hand. Als ich nicht nachgab, sagte er leise: »Weißt du, dass ich dich mühelos rüberholen könnte, wenn ich wollte?«

Ich schwieg.

Er zog ein wenig stärker.

Da sagte ich, voller Angst vor mir selbst: »Versuch's und du bist mich los.«

»Ich weiß«, nickte er. »Ich will auch, dass du freiwillig kommst. Es ist ziemlich kalt heute und du warst erst neulich krank – ich halt's nicht aus, wenn du wieder wegbleibst! Esther, ich will dich nur ein bisschen wärmen, bitte, komm doch rüber, ich verspreche dir, überhaupt nichts zu machen.« Er gab meine Hand frei und wand sich aus seiner Jacke, die er um seine Schultern legte und einladend für mich aufhielt.

Ich schaute ihm in die Augen und alle Widerstandskraft verließ mich. Ich stand auf und schlüpfte an seine Seite.

Gilbert gab einen beglückten Laut von sich und schloss die Jacke um mich. Meinen feuchten Kopf zog er an seinen Hals. »Gut so?«, murmelte er.

Ich nickte wortlos. Wenn ich den Mund aufgemacht hätte, wäre höchstens ein Stammeln herausgekommen.

Es war absolut verwerflich, was ich tat, und auch wenn mich niemand sonst sehen konnte, Gott sah mich. Ich rechnete damit, dass jetzt der Moment sei, in dem mit einem furchtbaren Zeichen am Himmel sein Strafgericht niederfahren würde. Doch nichts geschah. Nur der Regen prasselte aufs Dach.

Ich kuschelte mich zurecht und schloss die Augen. Gilberts warme, warme Nähe war alles, was zählte. Wenn Harmagedon jetzt begönne, wollte ich mit ihm sterben.

Wir redeten nicht ein einziges Wort, sondern blieben so sitzen, bis es Zeit war, in die Schule zurückzukehren.

Und jetzt ist das Chaos in mir größer als je zuvor. Darf eine, die in einem entscheidenden Moment Gottes Gnadengeschenk, das Paradies auf Erden, ablehnte, um stattdessen an der Seite eines Ungläubigen zu sterben, zur Taufe gehen? Ich kann mir nicht einreden, der Augenblick sei vorüber und ich hätte mich getäuscht und wenn es wirklich darauf angekommen wäre ...

Nein. Denn nichts ist vorüber. Tief in mir sitzt nach wie vor der Wunsch, mit Gilbert zu sterben, wenn ich nicht mit ihm leben darf.

Damit bin ich nicht zur Taufe bereit. Gott würde mich

nicht annehmen, sondern seinen Blitz ins Wasser fahren lassen – und auch ohne ein solch spektakuläres Zeichen würde er mich zurückstoßen, denn täuschen kann man nur die Menschen, ihn nicht.

Ich weiß nicht, was ich tun soll. Reden kann ich mit keinem darüber, nicht mal mit Gilbert. Denn wenn ich ihm sagen würde, wovon meine Entscheidung abhängt, würde ich Druck auf ihn ausüben. Mir bleibt nur, im Zustand der Sünde ins Wasser zu steigen – aber nein, das kann ich nicht.

Letzte Möglichkeit: zum Kongress krank werden. Eine Lüge wiegt sicher weniger schwer, als unwürdig zur Taufe zu gehen. Ich könnte mich später mit Gilbert zusammen taufen lassen ...

Oh, wäre das schön!

Wird aber Jehova mir verzeihen, dass ich ihn vorher um eines Menschen willen verleugnet habe?

Ich bete und weine und bin wieder nahe daran, krank zu werden. Nur mit äußerster Willensanstrengung kann ich vor meiner Familie und vor der Gesellschaft Gleichmut heucheln. Es gelang mir nicht, in der Dienstversammlung und in der Predigtdienstschule konzentriert zu bleiben, aber ich denke, niemand hat es gemerkt. Außer Jehova.

Papa hat den »Fall Gilbert Wink« mit den anderen Ältesten besprochen; man kam überein, dass Daniel Probst am besten geeignet wäre, mit Gilbert zu studieren, *ich* wäre es sicher nicht, auch nicht unter der Aufsicht meines Vaters, ich hätte selbst noch viel zu lernen. Am Sonntag würde man vor oder nach der Versammlung mit Gilbert sprechen, oder ich solle ihm den Vorschlag in der Schule unterbreiten, falls er nicht erscheinen würde.

Mein Predigtdienstbericht für diesen Monat sieht nicht erfreulich aus, ich bin nur auf wenige Stunden gekommen. Man hat mich jetzt Schwester Mayr zugeteilt, an ihrer Seite, denkt man, werde ich zu einer eifrigen Verkündigerin. Leider darf ich nicht sagen, dass ich an Schwester Mayrs Seite vor fremden Leuten zur Maus schrumpfe, aus lauter Verlegenheit.

Heute Vormittag holte sie mich ab und wir gingen zusammen in einem weiter entfernten Dorf von Tür zu Tür. Um meinen Unwillen zu bekämpfen, stellte ich mir vor, ich ginge mit Schwester Ruth, und da passierte es, dass mir die Tränen kamen.

Schwester Mayr merkte es und wollte wissen, was mit mir los sei.

Ich deutete wortlos auf meinen Haus-zu-Haus-Notizzettel, das musste ihr als Begründung für meine Traurigkeit genügen. Ich hatte bei den verschiedenen Hausnummern vermerkt: *Nicht aufgemacht/ Niemand zu Hause/ Nicht interessiert/ Keine Zeit/ Sehr unfreundlich, wollen endlich in Ruhe gelassen werden.*

Das sei eben das Zeichen des nahen Weltendes, belehrte mich Schwester Mayr, dass die Menschen den breiten Weg des Verderbens wählen und den schmalen Pfad des Heils ausschlagen. Wir sollten uns nicht entmutigen lassen, sondern in der freudigen Gewissheit, zu den Geretteten zu gehören, Jehovas Dienst weiter versehen.

Nach diesen aufmunternden Worten läutete sie an der nächsten Tür.

Am Nachmittag habe ich mit Rebekka den Wachtturmstudienartikel von morgen durchgearbeitet; nicht voll gläubigen Eifers wie sonst, sondern mit den Augen und den Empfindungen eines Menschen, dem die Materie nicht vertraut ist. Wie mir das gelang, weiß ich nicht, aber ich konnte es auch nicht verhindern, ich war einfach in die Haut Gilberts geschlüpft, ohne es gewollt zu haben.

Ich ließ Rebekka lesen, die bereits sehr gut liest, denn auf die Entwicklung der Lesefertigkeit wird in unserer Ausbildung allergrößter Wert gelegt. Ich hörte zu und zuckte manchmal innerlich zusammen – für Gilbert.

Von den Schafen und den Böcken war die Rede und davon, was ihnen im Schlussteil der großen Drangsal bevorsteht; schafähnliche und bockähnliche Menschen wurden charakterisiert und das sehr unterschiedliche Gerichtsurteil wurde beschrieben, das Jesus über sie fällen wird: Kommt her, wird er zu den Schafen sagen. Und zu den Böcken: Geht weg von mir. Und die Böcke werden in die ewige Abschneidung weggehen, weil sie zeitlebens den breiten Weg vorzogen, der in die Vernichtung führt, anstatt den schmalen Pfad, der zum Leben führt, zu beschreiten.

Die Aussicht, zu den Schafen zu gehören und durch die große Drangsal hindurch in die neue Welt zu gelangen, sollte uns freudig stimmen, hieß es. Im Gegensatz dazu würden überaus viele Menschen aus allen Nationen, die sich als störrische Böcke erwiesen hätten, ihrer gerechten Strafe nicht entgehen. »*Welch eine Erleichterung für die Erde!*«, las Rebekka.

Ein Grauen beschlich mich, während Rebekka völlig gleichmütig blieb. Sie teilte sich ihre Kräfte ein, denn nach einmaligem Lesen der sechs Seiten würden wir von vorn beginnen und aus jedem Abschnitt die Beantwortung der Frage herausarbeiten, die unten auf der Seite dazu vermerkt ist und die auch der Studienleiter morgen stellen wird. Wer sich auf diese Weise vorbereitet, kann sich eigentlich bei jeder Frage zu Wort melden, denn die Antworten stehen genau im jeweiligen Abschnitt.

Wer schnell ist im Begreifen, muss sich überhaupt nicht vorbereiten; denn da die Texte und die Fragen in der Versammlung laut vorgelesen werden, hat er Zeit genug, eine Antwort zu formulieren.

Auch Gilbert kann das. Er wird doch – falls er sich zu Wort meldet – die vorgegebenen Antworten verwenden und nicht etwa sich eigene ausdenken oder gar Gegenfragen stellen? Diese Vorstellung peinigte mich. Noch nie hat jemand in unserer Versammlung es gewagt, andere als die vorformulierten Antworten zu geben, auch mir war diese Idee noch nie gekommen.

Gilbert kann das nicht wissen. Wenn er von der Schule ausgeht, wo man ständig aufgefordert wird, selbständig zu denken ...

Ich begann zu schwitzen.

Mir wurde bewusst, dass keiner in unserer Gesellschaft je einen eigenen Gedanken ausspricht, sondern immer nur das, was uns vom Schreibkomitee in Brooklyn Wort für Wort zu jedem Thema vorgegeben wird.

Es war, als hätte ein Blitz mein Inneres für einen Sekundenbruchteil erhellt, nicht länger, was aber genügte, um mich gründlich zu beunruhigen. Ich verdrängte das hässliche Gefühl, indem ich mit Rebekka systematisch an jeder Antwort arbeitete.

Was Gilbert betrifft, so hoffe ich von Herzen, dass er in der Versammlung passiv bleiben wird wie bisher.

Gilbert

Mom findet überhaupt nicht, dass mein Zimmer gewonnen hat.

Ich hab auf die Wand gegenüber meinem Bett riesengroß ICH LIEBE ESTHER gesprüht.

Es musste einfach sein. Am Freitagnachmittag. Nach unserer Stunde im Park, in der ich Esther im Arm gehalten hab.

Am Sonntag war ich wieder im Königreichssaal. Alle lachten mich jetzt schon an, als hätte ich 'ne Fetennacht mit ihnen durchgemacht. Ob's daran lag, dass ich mein Outfit eine Spur angepasst hatte? Sogar eine Haarbürste hatte ich benutzt.

Ich grinste zurück.

Bruder Mayr – der Mensch mit den Filzlatschen, die er diesmal gegen Lackschuhe eingetauscht hatte –, Esthers Vater und der geschniegelte Jüngling peilten mich an.

Mir gefror das Grinsen, als sie mir den Geschniegelten als Bibellehrmeister draufhängen wollten. Verunsichert guckte ich mich nach Esther um. Hatte sie Mist gebaut? Oder würde sie mit dem Geschniegelten zum Bibelkurs mitkommen? Ich traute mich nicht zu fragen. Esther war nicht im Vorraum, sie musste schon im Saal sein. Ich spürte sie noch in meinem Arm, und die Vorstellung, wieder durch einen halben Saal von ihr getrennt zu sein, machte mich schier verrückt.

Der Geschniegelte wartete auf Antwort.

Ich versuchte, Zeit zu gewinnen. »Ich möchte zuerst mit meinen Eltern darüber sprechen«, sagte ich.

»Wissen Ihre Eltern nicht, dass Sie jetzt hier sind?«, wollte Esthers Vater wissen.

Ich schüttelte den Kopf.

»Hätten sie denn wohl etwas dagegen?«

»Ja«, sagte ich aufrichtig.

Jetzt waren die drei ein wenig ratlos.

Der Geschniegelte sagte nach einem kleinen Zögern: »Wenn Sie wollen, könnten wir vorerst auch bei mir zu Hause studieren.«

Ich kratzte mich am Kopf. »Ich würde doch lieber erst mit meinen Leuten reden«, meinte ich.

»Wie Sie wollen.« Der Geschniegelte zog seine Fühler zurück.

Aber er versäumte es nicht, mich zu »meinem« Platz zu begleiten. Ich knirschte innerlich, was natürlich nichts half.

Diesmal wurde Esther von irgendeinem Riesen verdeckt, so dass ich sie nicht einmal sehen und das Spiel mit ihrem Ohr spielen konnte; ich war dem endlosen Vortrag eines Laberkopfs beschäftigungslos ausgeliefert. Nachdem ich die Stunde mehr oder weniger dösend überstanden hatte und feststellte, dass sich an der Sitzordnung nichts ändern würde, verdrückte ich mich. Kein Blickwechsel mit Esther, nicht ein einziger!

Ich hatte diesmal auf der Straße geparkt, so war's kein Problem loszufahren. Kann allerdings nicht gerade behaupten, dass ich gehobener Stimmung gewesen wäre.

Mom und Paps waren in der Küche versammelt. Mom höhlte Zucchini aus und Paps hatte seine Pfoten bis zu den Knöcheln in Hackteig vergraben. Der Anblick munterte mich ein wenig auf.

»Macht's Spaß?«, sagte ich und deutete auf seine verschmierten Greifwerkzeuge.

»Mhm.« Er nickte hingebungsvoll.

»Wieso bist du schon zurück?«, wollte Mom wissen.

Statt einer Antwort legte ich die Wagenpapiere und die Schlüssel an den dafür bestimmten Platz, rutschte hinter den Tisch und stützte das Kinn in die Hände.

»Was ist los?« Paps runzelte die Stirn.

»Ich war im Königreichssaal der Zeugen Jehovas.«

Mom schnitt sich keinen Finger ab und Paps schmiss nicht mit Hackteig, wahrscheinlich, weil beide vor Überraschung gelähmt waren.

Als dieser Zustand sich lockerte, sagte Paps: »Keiner deiner komischen Witze?«

Ich schüttelte den Kopf.

Daraufhin wurde es ziemlich ungemütlich. Paps widmete sich ganz seinem Teig, während Mom wild an dem Zucchiniding schnitzte.

»Und was soll das bedeuten?«, sagte sie mit verzerrtem Gesicht.

»Das bedeutet erst mal noch nichts.«

»*Erst mal noch nichts?* Und warum gehst du da hin, um Himmels willen?«

»Wegen Esther.« Ich weiß nicht, warum ich's sagte, wo es mir doch bereits leid tat, überhaupt davon angefangen zu haben.

Sie tauschten einen Blick.

Mom knurrte: »Die große Liebe. Geh mal in sein Zimmer, dort kannst du's lesen!«

Weil Paps nur Bahnhof verstand, informierte sie ihn über meine Dekorationskünste mit der Spraydose.

Ich beherrschte mich und sprang nicht auf, immerhin war ich selber schuld, ich hätte ja nichts sagen müssen.

»Ist sie Zeugin Jehovas?«, erkundigte sich Paps.

»Ja.«

»Gilbert«, rief Mom, »schau nicht so! Du willst doch nicht etwa ...«

»Nein, ich will *nicht*! Ich will nur Esther!«

»Das geht vorbei«, sagte sie und ließ endlich das Messer sinken.

Ich starrte sie an. »Diesmal nicht!«

Paps ging zum Wasserhahn und wusch sich sorgfältig die Hände. Wenn er sehr erregt ist, überlässt er Mom das Reden.

Da kam's auch schon: »Du bist in der Zwölften und wirst dich nun vielleicht endlich mal mit der *Schule* beschäftigen!«

»Schon recht.« Nun stand ich doch auf. Es lief immer aufs Gleiche raus. Die Alten haben nur eine Sache im Kopf, mehr hat darin nicht Platz.

Ich ging in mein Zimmer, wo ich mich mit lauter Musik bedröhnte und die Leuchtschrift an der Wand anstarrte.

Später kamen sie beide rein, was neu war. Ich stellte verdrossen die Musik ab.

Paps fing an: »Du schaffst doch das Abitur?«

»Ich gebe mir Mühe«, sagte ich. »Esther schafft's gewiss, sie war in der elften sogar Jahrgangsbeste. Vielleicht sollte ich bei ihr Anleihe nehmen ...«

»Die Anleihe kenn ich«, äußerte Paps anzüglich, indem er die Schrift an der Wand auswendig lernte. Aber es klang mild, anscheinend hatte ich ihn mit einer so leistungsstarken Freundin beeindruckt.

»Warum bringst du sie nicht hierher«, schlug Mom vor, »anstatt dorthin zu gehen?«

»Weil sie nicht darf, liebe Mutter.«

»Ach?«

»Ja, so ist es. Sie darf mir nicht mal den kleinen Finger geben oder im Park mit mir spazieren gehen.«

»Und warum nicht?«

»Das musst du die Leutchen schon selbst fragen, ich begreif's auch nicht. Sie darf anscheinend nur mit ihresgleichen gehen.«

Mom fuhr auf: »Und deshalb willst du jetzt Zeuge werden?«

Ihr Ton reizte mich schon wieder. Und die ausweglose Situation, in der ich mich befand. Ich warf mich stöhnend auf mein ungemachtes Bett.

Paps setzte noch eins drauf: »Also, wenn du *so* blöd bist ...«

Er machte nicht weiter.

Aber ich hatte schon genug gehört. »Ja!«, schrie ich. »Vielleicht bin ich so blöd!«

Er ging zur Tür. »Dann ist dir nicht zu helfen. Wenn du dich lächerlich machen willst, dann nur zu. Aber nicht mehr mit meinem Auto!«

»Ich brauch dein Scheiß Auto nicht!«

Er knallte die Tür zu, was er sonst vermeidet. Aber wenn einer seinen heiligen BMW beleidigt, vergisst er sich.

Mom verdrehte die Augen und ballte die Fäuste. »Das habt ihr wieder toll hingekriegt, schöner Sonntag!« Damit rannte auch sie hinaus.

Sie hatte nichts hingekriegt, oder?

Ich starrte wuterfüllt hinter ihr her. So läuft's bei uns immer: Keiner hat die Nerven, etwas in Ruhe auszudiskutieren.

Die Vorstellung einer anderen Familie blitzte mir durch den Kopf: Esthers Familie. Da geht's bestimmt nicht so zu wie bei uns, da schreit keiner, da ist man freundlich zueinander ...

Seltsam, das hatte auf einmal etwas.

Von allen Eigenschaften Esthers fiel mir im Augenblick nur ihre Selbstbeherrschung ein, die sie ja irgendwo gelernt haben muss, und die gelassene Sicherheit, mit der sie mich von Anfang an beeindruckt hat.

Und wenn ich an die Versammlung dachte, an all die netten Leute, an ihr Verhalten, erlaubte das nur den Schluss, dass sie sehr zivilisiert und rücksichtsvoll miteinander umgehen.

Es hatte irgendwie einen positiven Einfluss auf mich. Ich marschierte zum Essen hinüber und schwor mir, nicht zu provozieren und mich auch nicht provozieren zu lassen. Sie müssen sich dasselbe vorgenommen haben, denn wir schauten uns kaum an, während wir ziemlich schweigsam gefüllte Zucchini kauten.

Ich erwähnte den Bibelkurs nicht, da ich keine Lust hatte, die Wasseroberfläche auch nur zu kräuseln.

Am Nachmittag fing ich endgültig ein neues Leben an, indem ich eine Liste zusammenstellte mit der Überschrift *Unabhängig werden*:

1. Nicht von Esther abbringen lassen.

2. Für die Schule so viel tun, dass ich nicht durchfallen kann.

3. Auf Informatik konzentrieren, weil ich das studieren will.

4. Nebenjob suchen, damit ich mir ein Auto leisten kann.

5. Um BMW nur noch bitten, wenn's gar nicht anders geht.

6. Mal mit Oma reden.

Punkt sechs hatte Vorrang. Ich meldete mich ordnungsgemäß bei meinen Erzeugern ab und holte mein Fahrrad aus der Garage, das sich riesig über die Sonderbehandlung freute.

Während ich zu Oma strampelte, dachte ich voll bitterer Genugtuung: Wetten, jetzt haben sie ein schlechtes Gewissen, denn für die Fahrt zu Oma hätten sie mir das Auto doch so gern gegeben ...

Oma hörte mir zu. Sie fand auch, dass man mit neunzehn für sich selbst verantwortlich ist und unabhängiger sein sollte, als ich das bin.

Ich sagte ihr, ich wäre nicht gekommen, um zu schnorren, das solle sie nur nicht denken. Aber da bald Weihnachten sei, könne sie doch mit mir zusammen überlegen, auf welche Weise ich mir ein Auto leisten könnte.

Ich habe einen Kumpel namens Kurt, der Mechaniker ist. Er kann mir eine billige Kiste besorgen und sie auch preiswert instand halten. Bleiben hauptsächlich die Kosten für Versicherung, Steuer und Verbrauch. Das erklärte ich Oma.

Sie ist die Mutter von Paps und durchaus der Ansicht, dass er sein dummes Auto viel zu wichtig nimmt. Sie fand also, dass ich sehr vernünftig sei, ein Auto nur als notwendiges Fortbewegungsvehikel zu betrachten, das einen unabhängig macht und das primitiv und billig sein darf. Sie sagte mir ihre Unterstützung zu.

Als das so weit geklärt war, erzählte ich ihr von Esther.

»Sie muss einen guten Einfluss auf dich haben«, bemerkte sie daraufhin.

»Ja, aber schockiert es dich nicht, dass sie einer Sekte angehört?«

Oma dachte nach. »Warum? Also, ich sehe das nicht so eng, ich lasse jedem seine Weltanschauung ...«

Ungeduldig unterbrach ich sie: »Ich glaube, hier geht's nicht nur einfach um ein bisschen Weltanschauung. Mit Toleranz ist es nicht getan! Weißt du überhaupt etwas von den Zeugen Jehovas?«

»Nur, dass sie gewaltlose Menschen sind, die auch noch die andere Wange hinhalten, wenn man sie schlägt. Ich lasse mich ehrlich gesagt nicht mehr auf Gespräche mit ihnen ein, weil ich keine Lust habe, ihnen einen Platz in ihrem Himmel streitig zu machen, der nur für 144 000 Personen bestimmt ist. Ich finde sie ein bisschen komisch, verstehst du? Und wenn deine Esther so klug ist, wie du sagst, wird sie auch noch draufkommen.«

»Oma, was soll der Quatsch mit 144 000 Personen? Saugst du dir das aus den Fingern?«

»Nein, das haben sie mir früher immer erzählt, aber jetzt lasse ich sie nicht mehr herein.«

In dieser Sache war mir Oma keine Hilfe, das merkte ich schon. Außerdem spürte ich, dass sie bei aller Aufmerksamkeit, die sie für mich hatte, ein wenig fahrig war.

»Musst du weg?«, fragte ich.

»Bald. Ich gehe heute mit Erich aus. Ich fahre, und er lädt mich zum Essen ein, irgendwo weiter weg, ich weiß noch nicht wo, es soll eine Überraschung sein. Deshalb muss ich bald los.«

Erich ist ihr neuer Freund, den sie kennt, seit sie in Kur war; er sei eine Herzschwäche wert gewesen, hat sie mir mal verraten.

»Dann mach dich schön, altes Mädchen«, sagte ich. Ich darf solche Sachen sagen.

Zu Oma zu gehen baut mich eigentlich immer auf, denn sie hat etwas, was meine Eltern nicht haben: Sie nimmt mich für voll. Bei ihr hab ich nicht ständig den Drang, mich rechtfertigen zu müssen, sie darf sogar etwas sagen, ohne dass ich aggressiv werde.

Wenn ich dann im Bewusstsein der Volljährigkeit und der Selbstbestimmung nach Hause zurückkomme, spüre ich sofort die Aura von Missbilligung und Vorwurf, die sich dort ausbreitet, kriege ein schlechtes Gewissen und werde klein wie ein abhängiger Trottel; mir ist klar, dass ich darauf nur mit Aggression reagieren kann. Oder soll ich mich vielleicht immer nur ducken lassen?

Sie haben keinen Grund mehr, mich nicht für voll zu nehmen; ich weiß jetzt, was ich will. Erstens will ich Esther und zweitens will ich das Abitur schaffen. Wobei das zweite mit Sicherheit leichter ist, denn ich hab inzwischen gelernt, wie viel man in der Schule tun muss, um nicht in den gefährlichen Bereich abzurutschen.

Die Sache mit Esther natürlich, die ist so was wie Neuland; kann sein, dass ich mich sogar auf den Bibelkurs einlassen muss, um das Klassenziel zu erreichen.

Am Mittwochabend testete ich mich, ob ich das eventuell aushalten kann, indem ich mir Mühe gab, das rote Offenbarungsbuch zu begreifen. Wie letzte Woche schon beschäftigte sich die Versammlung im Wohnzimmer von Bruder Filzpantoffel wieder mit dem Kapitel: *Die tiefen Dinge des Satans verabscheuen.*

Also, langsam gewöhne ich mich daran, dass es vielleicht Satan doch gibt, wer weiß?

Ich steckte den Kopf konzentriert ins Buch. Manchmal schaute ich über den Rand, ob Esther das überhaupt registrierte; sie behandelte mich nämlich leider wieder wie Luft.

Wer mich aber von Zeit zu Zeit fixierte, das war ihr Bruder, dieser harmlose Bub, der die Texte vorlesen durfte (musste?) – ob er mich leiden konnte?

Ich grinste ihn an, da schaute er aber gleich weg; entweder er ist verklemmt oder er mag mich nicht.

Ich hatte meine Probleme mit dem Stoff. Es ging noch immer um so ein komisches biblisches Weib namens Isebel, die anscheinend nicht das Muster einer Frau gewesen sein muss, denn das Buch legte ihr Hurerei, Unreinheit, sexuelle Gelüste, schädliche Begierden und Habsucht zur Last. Überraschenderweise lief der Text darauf hinaus, dass man heute auf den Einfluss dieses weiblichen Elements aufpassen und *liebevoll, doch entschieden* der Bewegung zur Befreiung der Frau Einhalt gebieten muss.

In welchem Jahrhundert leben wir eigentlich? Ich guckte heimlich, wie Esther auf solchen Schwachsinn reagierte, und wäre ihr für ein Augenzwinkern dankbar gewesen; darauf wartete ich natürlich umsonst, ich konnte nur hoffen, dass sie wenigstens innerlich zwinkerte.

Es kam noch dicker. Neben dem *schädlichen weiblichen Element* gehören anscheinend zu den *tiefen Dingen des Satans* auch die verderbte Vergnügungswelt und die Bluttransfusion (??); ferner soll Satan noch über andere *tiefe Dinge* verfügen, zum Beispiel über Philosophien, die dem Intellekt schmeicheln, wozu außer freizügigem Denken auch der Spiritismus und die Evolutionstheorie gehören.

Okay, der Spiritismus kann mir gestohlen bleiben, aber ist nicht die Evolutionstheorie eine wissenschaftlich anerkannte Sache? Warum sollte man die verteufeln? Ich nahm mir vor, unbedingt nächstens mit Esther darüber zu sprechen.

Es folgte ein Abschnitt, der gab mir den Rest. Darin ging es um ein großartiges Vorrecht, das irgendjemand hat, vermutlich die Zeugen Jehovas: *Die Gewalt, die die gesalbten Sieger bei ihrer Auferstehung empfangen, ist eine Teilhaberschaft mit Jesus an dem Schwingen des eisernen Stabes der Vernichtung gegen die rebellischen Nationen in Harmagedon. Wenn Christus seine Feinde wie Tongefäße zerschlagen wird, werden die Kernwaffen dieser Nationen bestenfalls verpuffen wie durchnässte Knallfrösche.*

Ich wusste wirklich nicht, ob ich auflachen oder aufjaulen sollte. Sicherheitshalber verkniff ich mir beides, ich wollte nicht gelyncht werden; bei dem Vernichtungswortschatz, den ich nun in einigen Zusammenkünften mitgekriegt hatte, schien's mir langsam zweifelhaft, ob die Leutchen wirklich so harmlos sind, wie sie aussehen.

Nach dem Schlussgebet, als alle aufstanden, um zu gehen, marschierte ich auf Esthers Bruder zu und sagte: »Soll ich dich mitnehmen? Ich sitz allein im Auto und ihr seid zu fünft!«

Meine Kalkulation war, dass Esther sich ihm anschließen würde, was uns mindestens eine Viertelstunde Zusammensein schenken dürfte, und vielleicht würde sich die Gelegenheit ergeben, in der Dunkelheit ungesehen ihre Hand zu fassen. Ich war ganz ausgehungert nach einer Berührung, denn diese Woche war schulfrei wegen Allerheiligen.

Aber der kleine Stinker machte mir einen Strich durch die Rechnung: Mit einem arschglatten Gesicht behauptete er, sie hätten alle gut Platz im Auto.

Ich beherrschte mich und sagte lässig: »Könntest mal BMW fahren.«

Hinter der lächelnden Maske sah ich in seinen Augen, wo er meinen BMW ansiedelte, und der Rangplatz war nicht schmeichelhaft.

Zeigten diese Leute eigentlich auch mal 'ne *normale* Reaktion? Ein Junge, den ein Klassewagen kalt ließ?

Es gelang mir gerade noch, einen verstohlenen Blick mit Esther zu tauschen. Sie hatte den Arm um ihre kleine Schwester gelegt. Deutete das, was sie mit ihren Mundwinkeln machte, *Spott* an? Dafür würde sie bezahlen!

Krank vor Sehnsucht schaute ich hinter ihr her. Danach verabschiedete ich mich ziemlich rasch von der Allgemeinheit, weil ich keine Lust auf ein Gespräch mit Bruder Filzpantoffel hatte. Der Geschniegelte übrigens lässt sich hier nicht blicken, wahrscheinlich hockt er zeitgleich in einem anderen Wohnzimmer.

Als ich den Wagen in der Garage abgestellt hatte – ich war *ganz offiziell* in Imsingen gewesen, weil dort nämlich einer aus meinem Physikkurs wohnt –, lieferte ich Schlüssel und Papiere ab und bedankte mich. »Die nächste Wagenwäsche mach ich«, sagte ich. Unabhängige Leute lassen sich nichts schenken.

Den Rest der Woche verbrachte ich auf Jobsuche. An den Abenden und am Samstag war ich bei Kurt, wo wir an einer Unfallkarre herumflickten, die mir zum Nulltarif gehört, wenn sie wieder läuft. Kurt hätte auch noch den Sonntagvormittag geopfert, aber da musste ich zum Königreichssaal, um Esther wenigstens von ferne zu sehen.

Esther

Die Tage ohne Gilbert waren leer und freudlos. Bis zum Sonntag hatte ich mich in eine Panik hineingesteigert: Wird er kommen oder nicht? Hat ihn das Versammlungsbuchstudium abgeschreckt oder nicht?

Dann kam er doch in den Königreichssaal, und ich konnte nicht verhindern, dass mein Gesicht zu leuchten anfing, was mich veranlasste, sofort intensiv mit Rebekka zu reden.

Er hatte sich offenbar nicht im Vorraum aufgehalten, sondern war schnurstracks hereinmarschiert, denn er kam ohne Begleitung und setzte sich wenige Reihen hinter mich, so dass ich seinen Blick im Nacken fühlte. Eine ganze Stunde lang.

Nach dem Vortrag wagte ich nicht, mich umzudrehen. Erst während des Wachtturmstudiums nützte ich einmal die Gelegenheit, einem Mikrofonträger mit den Augen nach hinten zu folgen, was man normalerweise natürlich nicht tut.

Gilbert war weg.

Mit dem Verlust im Herzen begann ich, mich auf Montag zu freuen, denn Gilbert war schließlich zum Vortrag gekommen, sein Interesse hatte also nicht nachgelassen.

Die Freude half mir über meine Ängste hinweg. Und auch über Opa und Oma Kuskes stummes Zeugnis an meinem Schulweg. Ob sie wussten, dass letzte Woche frei gewesen war? Vielleicht nicht, weil Oma nämlich trotz der Kälte die Scheibe heruntergedreht hatte und etwas sagen wollte; ich musste ganz schnell vorbeilaufen.

Es ließ mich nicht unberührt, aber die Erwartung, jetzt gleich Gilbert wiederzusehen, war einfach das viel stärkere Gefühl.

Wir begrüßten uns mit einem Blick, der mich für eine ganze Woche entschädigte.

Jemand hinter mir sagte anzüglich: »Muss Liebe schön sein!«

Ich tat, als hätte ich es nicht gehört, aber ich setzte mich schnell hin und fing an, in meinen Sachen zu kramen.

Gilbert redete mit seinem ehemaligen Banknachbarn; ich hörte nicht, worüber, aber ich sah, dass er ihm lachend seine Hände zeigte, die, wie ich bei Unterrichtsbeginn dann feststellen konnte, in allen Rillen Spuren von Schmutzarbeit trugen.

»Was hast du gemacht?« Ich deutete auf seine Nägel.

»Ich bau mir ein Auto zusammen. Mein eigenes.« Nach diesen Worten hörte er aufmerksam Herrn Lemmer zu, der die unsäglich lächerliche Vorstellung der Indianer von der Entstehung der Erde wiedergab.

Die Geschichte startete so: *In the beginning the waters covered everything.* Danach stimmte überhaupt nichts mehr. Es wäre eine Gelegenheit für mich gewesen, Zeugnis von Gottes Erschaffung der Welt zu geben, aber ich schwieg.

Erst als jemand sagte, dass man den Indianern mal was von der Evolution erzählen sollte, meldete auch ich mich zu Wort und erinnerte an den Schöpfungsbericht der Bibel.

Das wäre auch ein Märchen, kaum besser als das der Indianer, wurde eingewandt.

Ich hatte keine Lust, mich auf ein Streitgespräch in Englisch einzulassen, denn die Einwände gegen die Evolutionstheorie kann ich nur in Deutsch formulieren, wie ich's eben gelernt habe, so hielt ich lieber den Mund.

Gilbert flüsterte: »Ich muss mit dir über Religion reden.«

Ich schaute ihn erstaunt an. Das war eine ziemlich neue Bemerkung. Es konnte drei Gründe dafür geben: Erstens, er machte sich für die Wahrheit bereit. Zweitens, er lehnte sie ab. Drittens, es war ein Vorwand, um sich mit mir zu treffen.

Ich wog blitzschnell ab. Wenn es *erstens* war, würde ich freudig zusagen. Wenn es *zweitens* war, hatte ihn vielleicht das Versammlungsbuch abgeschreckt und ich musste mir so rasch wie möglich seine Bedenken anhören. Wenn es *drittens* war ... Also, es war auf jeden Fall erstens oder zweitens.

Meine Überlegungen dauerten nicht länger als zwei Sekunden. »Wo?«

»Ich räume jetzt *immer* den Physiksaal auf«, erläuterte Gilbert, »und kann deswegen den Schlüssel über Mittag behalten. Sobald du da bist, schließe ich uns ein. Niemand kann dich sehen.« Er begleitete seine Ausführungen nicht mit einem bittenden Blick, sondern war sehr sachlich: Es musste wichtig sein.

Noch etwas war neu, nämlich seine aktive Beteiligung am Unterricht.

Ich konnte mich nicht enthalten zu murmeln: »Wieso strebst du auf einmal?«

»Habe mir etwas vorgenommen«, flüsterte er zurück.

»Was denn?«

Er zuckte die Achseln und grinste.

In dieser Stunde fiel mir die Konzentration besonders schwer. Etwas beunruhigte mich, was mich schon seit Mittwoch beschäftigt hatte, und bis zum Ende des Englischunterrichts war ich mir ganz sicher, dass es *zweitens* war, es konnte gar nichts anderes sein. Denn das Kapitel im Versammlungsbuch war für einen Ungläubigen wirklich schlecht geeignet gewesen, das war mir richtig bewusst geworden, als ich Gilbert so aufmerksam hatte mitlesen sehen. Ich begann, mich vor der Mittagspause zu fürchten.

Ich schaute mich auf dem Flur um, ob mich auch niemand sehen konnte. Dann öffnete ich vorsichtig die Tür. Gilbert erwartete mich schon mit dem Schlüssel in der Hand. Wie zwei Verschwörer, die wir ja auch waren, lachten wir uns an und die Angst wich von mir.

Gilbert schloss ab und blieb vor mir stehen. Er legte behutsam die Hände an meine Schultern.

Es war sehr schwer, unter seinem Blick fest zu bleiben und langsam, aber bestimmt den Kopf zu schütteln, und es kostete mich den letzten Rest meiner Willenskraft.

»Du hast mich am Mittwochabend ausgelacht«, sagte er leise.

»Was? Nein!«, protestierte ich, verwirrt und gequält durch seine Nähe.

»Doch. Als dein Bruder nicht mitfahren wollte.«

»Ach so. Das war nur, weil ich's dir *vorher* hätte sagen können.«

»Trotzdem. Du hast mich verspottet. Mit diesen Mundwinkeln.« Er legte einfach zwei Daumen dorthin und die Hände um meine Wangen. »Das muss bestraft werden, siehst du.« Damit streichelte er mit den Daumen meine Lippen.

Es war absolut schlimm. Weil ich doch die letzte Willenskraft schon aufgebraucht hatte.

Aber Gilbert nützte zum Glück meine Schwäche nicht aus. Er ließ mich los, wandte sich ab und setzte sich in eine Bank, wo er das Gesicht auf die Arme legte. Ich hörte ihn stöhnen.

»Gilbert?«

»Hm?«

Ich ging hin und berührte seine Schulter, sein gesenkter Kopf mit dem unordentlichen Haar übte eine große Anziehungskraft aus, der ich kaum widerstehen konnte. »Was hast du?«

Er schaute auf, seine Stirn wurde zum Rubbelbrett, ein tief erbitterter Blick traf mich. »Warum dürfen wir uns nicht küssen, warum?«

Ich wusste keine Antwort. Unsittlichkeit – davon mochte ich nicht sprechen; Jehovas Zorn – den fürchtete ich im Moment nicht. Alles, was mir einfiel, war die Geschichte von Jakob und Rahel, für die ich immer schon eine Vorliebe hatte.

»Vielleicht findest du in der Bibel eine Antwort«, sagte ich leise, »im ersten Buch Moses. Jakob liebt Rahel so sehr, dass er bereit ist, sieben Jahre auf sie zu warten ...« Ich brach ab und wurde feuerrot, als ich den ungläubigen Ausdruck in seinen Augen sah.

Was hatte ich da gesagt? Wenn er jetzt lauthals zu lachen anfing, war das meine eigene Schuld, dann war es aber auch das Ende zwischen uns. *Nur die wahre Liebe,* steht in meinem blauen Buch, *ermöglichte es ihnen, in diesen Jahren ihre Keuschheit zu bewahren.* Beinahe hätte ich auch das noch gesagt.

In tödlicher Verlegenheit stand ich da und fühlte zu allem Überfluss die Tränen in meine Augen steigen.

»Esther!« Gilbert streckte die Arme nach mir aus.

Ich trat abwehrend einen Schritt zurück und setzte mich in eine Bank, wo ich durchatmete, bis ich mir meiner Stimme wieder sicher war.

»Esther ..., musst du alles genau wie in der Bibel machen?«, flüsterte er.

»Die Bibel«, begann ich mühsam, »gibt uns klare Richtlinien ...«

»O Mann.« Gilbert fuhr sich mit beiden Händen durch die Haare. Dann verschränkte er die Arme im Nacken und schaute mich an. »Darüber wollte ich heute mit dir reden. Wie könnt ihr aus uralten Geschichten so komische Folgerungen ziehen? Wie kannst du, ein intelligentes Mädchen im einundzwanzigsten Jahrhundert, denen recht geben, die die Frauenemanzipation verurteilen? Das ist doch ... unbegreiflich!«

Ich hatte es gewusst. Ich hatte es am Mittwoch schon gewusst, als ich den Text mit Gilberts Ohren gehört hatte; ich hatte seitdem nicht nur mit ängstlichen, sondern auch mit rebellischen Gedanken zu kämpfen gehabt. Eine innere Stimme – Satan? – hatte mir eingeflüstert, dass die soziale Situation der Frau in biblischen Zeiten sicher eine andere war, als sie es heute ist, dass wir heute ganz andere Möglichkeiten haben und dass auch ich in Wirklichkeit nicht dazu bestimmt bin, mich ein Leben lang den Anordnungen von Männern zu fügen; im Widerstreit mit dieser Stimme hatte ich um den Geist der Demut gebetet – mit wechselndem Erfolg.

Als ich nicht antwortete, fuhr Gilbert fort: »Du wirst doch von denen total unterdrückt!«

»Das ist nicht wahr!«, sagte ich heftig.

»So? Ich hab nicht gehört, dass du ein Wort zur Verteidigung deiner Rechte als Frau geäußert hättest!«

»Das wäre doch unangebracht gewesen! Vor Gott sind wir alle gleich, unser Predigtdienst ist genauso viel wert wie der Predigtdienst der Männer.«

»Das glaub ich!«, rief Gilbert. »Aber habt ihr in der Versammlung auch irgendetwas zu sagen? Ich seh nur immer Männer alles machen, ihr beantwortet höchstens die Fragen, die sie euch stellen, und sogar die Antworten sind schon vorgekaut!«

Nach seiner Sicht der Dinge war das richtig. Und ich musste sehr aufpassen, dass ich mich nicht davon beeinflussen ließ. Ich bin empfänglich für solches Gedankengut. Schon als Kind hatte ich mir gewünscht – ist ja vollkommen lächerlich, aber es war so –, dass wir Mädchen auch das Recht haben sollten, während der Wachtturmstudien mit dem Mikrofon zu laufen, doch alle Funktionen, selbst diese ganz geringe, sind den Männern und den Jungen vorbehalten.

Ich sagte zu Gilbert: »Es handelt sich um lauter *Dienste*, die die Männer ausführen, und dementsprechend bezeichnen sie sich auch als *Diener*, es sind in Wirklichkeit keine Vorrechte.«

»Ach, das ist doch 'ne Verdrehung!«

»Dann muss ich's dir anders sagen. Dir ist bekannt, dass die zwölf Apostel Männer waren. Also sind gemäß der Bibel nur Männer mit der Leitung der Versammlung beauftragt, klar?«

Gilbert starrte mich an. »Und mit einer solchen Begründung gibst du dich zufrieden? Du versuchst überhaupt nicht, an so einem starren System etwas zu ändern?«

»Wie sollte ich?«, sagte ich gereizt. »Uns Frauen ist es nicht erlaubt zu reden, wenn das, was wir sagen wollen, einen Mangel an Unterwürfigkeit verraten würde. Verstehst du nicht? Wenn Gott gewollt hätte, dass wir den Männern gleichgestellt wären, hätte er Eva zugleich mit Adam erschaffen und sie nicht aus einer seiner Rippen geformt. Er hat den Mann als Haupt über die Frau gesetzt, so ist es nun mal.«

Gilbert griff sich an den Kopf. »*Das* glaubst du? Ich werd wahnsinnig.«

Es kam mir auf einmal selber absurd vor. Hier hockte ich und maß meine Redekraft mit der eines *Mannes*, ohne den geringsten Geist der Unterwürfigkeit; offenbar entsprach ein solch weltliches Verhalten meinen inneren Bedürfnissen und war bis jetzt nur unterdrückt worden. Vorsicht, sagte ich mir erschrocken, das ist Rebellion!

Deshalb antwortete ich schnell: »Die Bibel ist Gottes Wort. Daran glaube ich.«

»Ja, aber«, sagte Gilbert im Ton der Verzweiflung, »musst du denn alles *wörtlich* nehmen?«

»Gott wusste sicher genau, was er sagen wollte. Hätte er etwas anderes sagen wollen, dann hätte er auch andere Worte gewählt.«

»Moment mal«, rief Gilbert, »die Bibel wurde von *Menschen* niedergeschrieben!«

»Von *inspirierten* Menschen«, korrigierte ich, »Gott hat ihnen die Feder geführt.«

»Woher willst du das wissen?«, sagte er mit gesträubten Haaren.

»Weil sogar das in der Bibel steht«, sagte ich triumphierend. »Warte.« Ich zog meine Bibel aus der Tasche und blätterte den zweiten Brief an Timotheus auf. »*Die ganze Schrift*«, las ich, »*ist von Gott inspiriert und nützlich zum Lehren, zum Zurechtweisen, zum Richtigstellen der Dinge, zur Erziehung in der Gerechtig...*«

»Hör auf, hör auf!«, rief Gilbert. »Das beweist doch gar nichts! *Das hat doch auch ein Mensch geschrieben!* Paulus, oder? Er behauptet das einfach! Ich kann auch behaupten, dass meine Aufsätze von Gott inspiriert sind, wirst du's dann glauben?«

»Ja«, sagte ich schnell, »wenn vierzig andere Leute dasselbe schreiben, ohne dass ihr euch abgesprochen habt.«

Jetzt dachte Gilbert nach. »Vierzig Männer haben die einzelnen Schriften der Bibel aufgezeichnet, richtig? Meinst du das?«

Ich nickte.

»Schön. Dann müssten aber – nach deinem Vorschlag – alle vierzig Schriften gleich lauten, und das tun sie nun wirklich überhaupt nicht, sie haben sogar ganz unterschiedliche Themen!« Herausfordernd lehnte er sich zurück.

Nun gut. Da hatte ich mich selbst hineinmanövriert. Aber es war keine Sackgasse.

Beherrscht sagte ich: »Jetzt hast *du mich* zu wörtlich genommen. Ich kann dir die Parallelen der verschiedenen Schriften aufzeigen und damit ihre innere Harmonie beweisen. Außerdem enthält die Bibel Prophezeiungen, die Gott dem Schreiber eingegeben haben muss, denn der hätte aus sich selbst nicht wissen können, was die Zukunft bringt.«

Ich war nicht zufrieden mit der Überzeugungskraft meiner Worte; jetzt wünschte ich mir einen Ältesten an meine Seite, einen erfahrenen Verkündiger. Am besten einen Sonderpionier, der mindestens 140 Stunden im Monat nichts anderes tut, als die richtigen Worte zu formulieren, um Menschen guten Willens in die Wahrheit zu bringen.

»Also gut«, räumte Gilbert zu meiner Überraschung ein, »nehmen wir mal an, was du sagst, stimmt.« Er stützte sein Kinn auf die verschränkten Hände, was er immer macht, wenn er sich konzentriert. »Nehmen wir mal an, die Bibel

135

wurde von Gott Wort für Wort diktiert. Was ich nicht glaube, denn die Schreiber waren Menschen ihrer Zeit und schrieben im Geist ihrer Zeit und auch aus einer bestimmten Absicht heraus – hatten wir übrigens in Reli. Sie können ja trotzdem inspiriert gewesen sein, keiner macht sich ohne Inspiration diese Mühe. Aber nehmen wir trotzdem an, Gott habe diktiert. Dann muss ich dir aber sagen, dass du einen kleinlichen Gott hast, wenn er keine Abweichung vom Buchstaben erlaubt und auch kein bisschen persönliche Freiheit gewährt! Ich dachte immer, wir hätten denselben Gott, aber meiner drückt auch mal ein Auge zu und verlangt nicht, dass ich die ganze Bibel auswendig lerne und Buchstaben für Buchstaben befolge, als wenn ich ein Zeitgenosse der Apostel wäre!«

»So denkst du«, rief ich, »weil du katholisch erzogen bist und weil die katholischen Priester mit Satan zusammenarbeiten!«

Danach war es totenstill im Physiksaal. Gilbert starrte mich entgeistert an.

Ich überlegte, ob ich etwas Falsches gesagt hatte. Aber so war es nicht. Ich hatte nur ausgesprochen, was im Versammlungsbuch steht. Unser Mittwochskreis arbeitet jetzt zum dritten Mal das rote Buch durch – die ersten beiden Male ist Ruth noch dabei gewesen, und ich weiß, dass ich mir besondere Mühe gegeben habe, die schwierigen Texte zu verstehen. Vor wenigen Wochen war das Kapitel dran, in dem der Abfall von der reinen Lehre beschrieben ist; es heißt dort, dass sowohl Katholiken als auch Protestanten und neben ihnen noch andere Sektenangehörige abtrünnige Christen sind und dass die Geistlichen der Christenheit die prominentesten Glieder des Samens Satans sind.

»Ja«, fuhr ich fort, »die abtrünnige Christenheit hat die Vormachtstellung, wie das Unkraut in Jesu Gleichnis, an das du dich vielleicht erinnerst, aber trotzdem gibt es einzelne, mit dem Weizen vergleichbare echte Christen ...«

»Und die seid *ihr*?«, hauchte er.

»Die sind wir.«

Ein Schatten lief über Gilberts Gesicht, den ich mit Furcht beobachtete: War ich in meinem Eifer zu weit gegangen und hatte etwas vorweggenommen, was ein Wahrheitssuchender erst viel später verstehen kann?

Ich wagte nichts mehr zu sagen, sondern wartete angstvoll auf seine Reaktion.

Gilbert atmete tief ein. Dann sagte er tonlos: »Und weil ihr das so seht, darf ein Christ meiner Art nichts mit dir zu tun haben?«

Ich deutete ein Nicken an. Worauf wollte er hinaus – würde er jetzt gehen? Ein Schmerz begann sich in meiner Brust auszubreiten.

»Ich bin also Unkraut, ich gehöre zu Satan ...«

»Gilbert!«, rief ich flehend.

Er legte plötzlich seine geballten Fäuste auf den Tisch. »Sag, bin ich ein schlechter Mensch, Esther, sag? Ich weiß, dass ich kein Musterknabe bin – aber *bin ich ein schlechter Mensch*, der dem Teufel gehört?«

»Gilbert, nein ...«

»Ich will's jetzt ganz klar von dir hören: Bin ich ein schlechter Mensch?«

»Nein!«, rief ich. »Nein, du bist kein schlechter Mensch!«

Wir sprangen beide auf, und ich weiß nicht, wie's kam: Plötzlich hielten wir uns umklammert. Gilbert stöhnte in mein Haar, und ich spürte, wie mir die Tränen aus den Augen stürzten. Ein Schluchzen schüttelte mich, das ich nicht mehr beherrschen konnte.

Gilbert versuchte, meinen Kopf anzuheben, aber ich wehrte mich dagegen und presste mein Gesicht an seine Schulter, wo ich ihm das T-Shirt nassweinte.

Er flüsterte meinen Namen und noch einiges mehr. Aber erst als ich mich wieder halbwegs in der Gewalt hatte, konnte ich verstehen, was er sagte.

»Gib mir ein bisschen Zeit, Esther ... Das sind so neue und schreckliche Gedanken ... Ich will mir ja Mühe geben und dich verstehen und *alles* verstehen, und ich will mich auch bessern, aber gib mir Zeit. Ich mache auch den Bibelkurs, damit ich begreife, wie du denkst, ich will dich nicht verlieren, ich hab dich so lieb ...«

Da hob ich freiwillig mein Gesicht und wir küssten uns.

Gilbert Esther ist für den Bibelkurs nicht eingeplant. Das sagte sie mir am nächsten Tag. Sie brachte mir übrigens ein Video mit: *Jehovas Zeugen – die Organisation, die hinter dem Namen steht.*

Mom kam zweimal ins Wohnzimmer, während ich mir das Video reinzog. Sie schaute, horchte, schüttelte den Kopf, verdrehte die Augen, ballte die Fäuste und rannte wieder hinaus. Meine Aufforderung, es sich wenigstens mal anzusehen, prallte an ihr ab. Sie ist voreingenommen wie sonst was – aber in den Kirchenchor laufen!

Als ich mit dem Video fertig war, saß ich eine Weile da und

überlegte. Irgendetwas stimmte nicht. Mit dem Film oder mit der Organisation oder mit meinem Wahrnehmungsvermögen. Konnte es sein, dass das nichts weiter war als eine gigantische Druckerei mit Millionen von Verteilern? Wo blieb da *Gott*?

Ich sah mir den Film ein zweites Mal an.

Jetzt erst hörte ich bewusst die Stimme des Sprechers, nachdem die Bilder mich nicht mehr völlig ablenkten.

Es sei eine Botschaft, die in über 200 Sprachen in mehr als 210 Ländern den Menschen persönlich überbracht werde, und es handle sich um den größten Predigtfeldzug, den die Welt je gesehen habe, um eine Botschaft, die Millionen von Menschen weltweit vereinige und die seit über 100 Jahren organisiert verbreitet würde.

Ich sah lebhafte, angenehme Menschen aller Rassen, die sich mit einem Heftchen in der Hand mit ebenso angenehmen, interessierten Menschen in Sprachen unterhielten, die ich nur erraten konnte.

Das Heft werde *simultan* in über 60 Sprachen weltweit gedruckt, sagte der Sprecher mit der sympathischen Stimme, und nirgends sonst gebe es eine Organisation, die so viele verschiedene Schriftarten und Alphabete benötige.

Ich erhielt Einblick in die Arbeit an modernst eingerichteten PCs, was mich faszinierte, denn solche Dinge liegen mir. Auch die Herstellung der bunten Bilder war hochinteressant.

Der alleinige Zweck der Drucktätigkeit, sagte der Sprecher, sei die Veröffentlichung biblischer Wahrheit.

Egal welche Inhalte, dachte ich, *wie* sie's machen, ist fantastisch, das wäre auch 'ne Arbeit für mich, nach dem Informatikstudium.

Die Kamera filmte eine Halle, in der ein Gabelstapler Riesenpapierrollen verschob; 160 von denen, sagte der Sprecher, seien der Tagesbedarf allein in Brooklyn, der Zentrale also, die ich schon in der Gesamtansicht aus der Luft gesehen hatte.

Das alles sei mehr als Farbe und Papier; diese auf die Bibel gegründete Literatur habe die Denkweise, Einstellung, Gewohnheiten und die Persönlichkeit von Millionen Menschen verändert.

Ich war diesmal sehr beeindruckt. Auch von der 3000-köpfigen Bethelfamilie in Brooklyn, die anscheinend gemeinsam lebt, arbeitet, isst, betet, die ihre Verpflegung aus eigenen Wachtturmfarmen bezieht und die, wie man gut sehen konnte, äußerst appetitanregend versorgt wird.

Danach erzählte der Sprecher, dass monatlich 30 Millionen Exemplare des *Wachtturms* gedruckt und versandt würden; dass der *Wachtturm* beobachte, wie Weltereignisse biblische Prophezeiungen erfüllten, und dass er Jehova, den Souverän des Universums, verherrliche. Von der Zeitschrift *Erwachet!* sagte der Sprecher, dass sie das Vertrauen stärke in die Verheißung des Schöpfers, die Erde zu einem Paradies zu machen.

All das hatte ich beim ersten Mal nicht wahrgenommen. Jetzt erst hörte ich auch, wer diese weltweite Organisation leitet: eine Gruppe gesalbter Männer, die die leitende Körperschaft genannt wird. Diese sende gemäß der Bibel reisende Aufseher aus, um weltweit die Versammlungen zu unterweisen und zu ermuntern. Jede Woche würden 50 neue Versammlungen gebildet, sagte der Sprecher.

Ich sah, wie freiwillige Helfer aus den Reihen der Zeugen Königreichssäle praktisch aus dem Boden stampfen, denn es sei ein ständiger Bedarf an weiteren Stätten der Zusammenkunft. Sie haben eine Leichtbauweise erfunden, die es ihnen ermöglicht, in wenigen Tagen ein Gebäude fertigzustellen.

Unser Königreichssaal in Pettenstein, dachte ich, sieht genauso aus.

Unser Königreichssaal. Es wurde mir bewusst, aber ich erschrak nicht darüber. Dass das Ganze mehr wie eine leistungsfähige Großfirma wirkt und irgendwo das Religiöse, wie ich mir's vorstelle, auf der Strecke bleibt, störte mich nicht mehr.

Ich bat Mom, sich den Film mit mir anzusehen.

Sie weigerte sich.

»Zeugenpropaganda!«, fauchte sie. »Sonst noch was! Ich verplempere doch nicht meine Zeit!«

Ich blieb äußerlich cool, das ist Esthers gutem Einfluss zu verdanken. Aber ich dachte: Dann nicht, liebe Mutter. Wenn es dich nicht interessiert, was deinem Sohn wichtig ist, bist du selber schuld, wenn sich unsere Wege trennen.

Ich gab *Jehovas Zeugen* in den Computer ein und recherchierte im Internet; ich blätterte durch die Einträge und fand nichts, das dem Film widersprochen hätte; dann blieb ich bei Ebay hängen und freute mich riesig darüber, dass so viele Zeugen ihre alten Bücher und Hefte verscherbeln wollten – wie jeder normale Mensch, der sich von was trennt, um es zu Geld zu machen.

Ich fing Esther morgens am Bus ab, ging unauffällig neben ihr her und kriegte sie dazu, sich für Mittag mit mir im Park zu verabreden. Dort schilderte ich ihr dann meinen Eindruck vom Film, danach küssten wir uns hinter einem Gebüsch, ehe wir auf getrennten Wegen zur Schule zurückgingen, denn im

Park waren Männer damit beschäftigt, das Laub zusammenzurechen.

Englisch in der neunten Stunde verbrachte ich im Delirium, wegen des Kusses; ich musste mich höllisch zusammenreißen, um wenigstens das Wichtigste mitzukriegen. Zum Glück ging es hauptsächlich um die Theaterfahrt nach München.

Der Grund- und Leistungskurs Englisch sehen sich »The Great Gatsby« im Amerikahaus an, von einer amerikanischen Theatertruppe inszeniert, und ich freute mich geradezu irrsinnig auf die Busfahrt und darauf, Händchen haltend neben Esther nicht nur im Bus, sondern auch im Theatersaal zu sitzen, und überhaupt darauf, in München zu sein, wo ich mich mit ihr irgendwohin in die Anonymität absetzen würde, denn wir würden ja auch Ausgang kriegen ...

Ich wachte aus meinem Traum auf, als beim Geldeinsammeln herauskam, dass Esther nicht mitfahren wird, ihre Eltern erlauben es nicht. Beinahe hätte ich losgebrüllt.

Sie schaute mich aber beschwörend an, so dass ich lieber den Mund hielt. Ich kriegte nichts Sinnvolles aus ihr heraus, nur dass sie eben nicht darf, so sehr sie's bei ihren Eltern probiert hat. Nun vermute ich, dass es ihr einfach nur peinlich war, mir zu sagen: Ich hab das Geld nicht.

Nach dem Unterricht ging ich zum Lemmer und meldete Esther mit an. Das Geld würde ich ihm morgen bringen, sagte ich. (Oma wird's mir geben, bestimmt.)

Zu Hause merkte ich gleich, dass Mom etwas auf dem Herzen hatte. »Gilbert«, sagte sie nach einem kleinen Anlauf, »ich mach mir Sorgen. Du schlitterst da in was rein.«

Nun hätte ich mich dumm stellen können, aber ich wusste ja, was sie meinte. Ich hätte auch gleich ausrasten können, was ich mir jedoch abgewöhnt hatte.

»Ich weiß, was ich tu«, sagte ich bestimmt. »Wär's dir vielleicht lieber, wenn ich in die Drogenszene reinschlittern würde?«

»Nein, natürlich nicht! Aber ich möchte dich um etwas bitten. – Versprichst du's mir?«

»Du musst mir schon zuerst sagen, was ich dir versprechen soll!« Ich hatte wirklich keine Ahnung.

»Rede mal ... mit dem Herrn Stadtpfarrer über die Sache.«

»Waaas?«

Nie im Leben würde ich das tun. Ich hasste seine salbungsvolle, selbstgefällige Art im Gespräch mit mir; nichts gegen seine Gottesdienste, die ich ein paarmal im Jahr aushalte, weil sie für mich sowieso hauptsächlich eine Familienunternehmung sind, aber mich von ihm belabern lassen – nein, danke.

Mom ließ nicht locker. Sie brachte mich so weit, dass ich ihr letztendlich versprach, mit meinem Religionslehrer zu reden, der Theologie studiert hat, aber kein Pfarrer ist. Er ist ein ziemlich junger Typ, noch unverheiratet, zu dem ich ein ganz gutes Verhältnis habe.

»Gleich heute«, sagte Mom. »Ruf ihn an, vielleicht hat er gerade Zeit.«

Inzwischen war auch Paps heimgekommen. Ich merkte, dass sie das offenbar in der Nacht zuvor miteinander ausgeheckt hatten.

»Nein«, sagte ich. »Heute ist Mittwoch. Ich muss zu Esther. Wir treffen uns in Imsingen.«

»Ist es schon so weit«, stöhnte Mom, »darfst du sie schon treffen?«

»Mom«, sagte ich nachsichtig, »du hast keine Ahnung. Und du auch nicht, Paps.« Dann schilderte ich die Zusammenkünfte, in denen Esther und ich uns nicht einmal anschauen dürfen, um ja keinen Verdacht zu erwecken.

Meine Erzeuger waren richtig entsetzt, so hatten sie sich das nicht vorgestellt.

Sie begriffen jetzt aber auch, was das zwischen Esther und mir ist. Denke ich jedenfalls. Denn sie flippten nicht aus. Im Gegenteil, ich bekam sogar das Auto, um nach Imsingen fahren zu können.

Vorher aber rief ich meinen Reli-Lehrer an, weil sie sich's so sehr wünschten.

Ich fragte ihn, was er von der Lehre der Zeugen Jehovas wisse und ob ich mal mit ihm darüber reden könne.

Gleichzeitig stieß ich mit dem Fuß die Tür zu, weil ich's nicht leiden kann, wenn jemand bei meinen Gesprächen zuhört.

Mein Reli-Lehrer wusste reichlich wenig; es erwies sich, dass ich bereits besser informiert war. Aber er hatte eine Adresse für mich, wo ich wirklich fundierte Auskunft erhalten könne.

Ich wollte das Ganze schon abblasen, denn es war ja überhaupt nicht meine Idee gewesen. Doch konnte ich das jetzt nicht mehr, denn erstens freute er sich, dass ich ihn einfach so angerufen hatte, und zweitens war er richtig scharf darauf, mir weiterzuhelfen.

Die Adresse sei ein Studienkollege von ihm, der in der Realschule Reli unterrichte und zugleich als Sektenbeauftragter unserer Region arbeite. Er kenne sich mit Sicherheit bestens aus und könne mir alles sagen, was ich wissen wolle.

Ich schrieb mir den Namen und die Straße auf.

Danach fuhr ich nach Imsingen.

Esther

Ich kam zu spät in die Englischstunde, weil ich mit dem Deutschaufsatz nicht rechtzeitig fertiggeworden war. Auf meinem Tisch lag eine Rose.

Gilbert guckte feierlich drein.

Herr Lemmer wartete, bis ich meine Tasche abgestellt hatte, dann gab er der Klasse ein Zeichen. Alle standen auf und irgend jemand stimmte an:

»Happy birthday ...«

Der Gesang artete in ein fröhliches Gegröle aus, wahrscheinlich, weil meine Überraschtheit zu offensichtlich war.

Ich hatte sehr schnell begriffen, wem die Aktion galt; mir war schon im ersten Augenblick das Blut aus dem ganzen Körper ins Gesicht geschossen, und ich wage mir nicht auszumalen, wie rot ich war.

Nach dem Lied lachten sie mich an, und Gilbert murmelte etwas von »stellvertretend für alle«, ehe er mich auf die Wange küsste und mir die Rose überreichte.

Ich wollte im Boden versinken. Aber der tat sich nicht auf. Es war absolut furchtbar.

Noch nie hat mir jemand zum Geburtstag gratuliert. Denn dadurch hätte man mir ja übermäßige Bedeutung beigemessen. Abgesehen davon, dass nur Sünder Geburtstage feiern.

Herr Lemmer hatte ein Einsehen und machte rasch mit

dem Unterricht weiter, während Gilbert zufrieden grinste. Klar, dass ich es *ihm* zu verdanken hatte!

»Wie hast du das herausgefunden?«, zischte ich.

Es machte ihn nur noch heiterer. Er schob mir ein dünnes Buch mit dem Titel »The Great Gatsby« zu, das gleiche, das Herr Lemmer besitzt und aus dem er für uns einige Seiten kopiert hat.

»Für dich«, flüsterte er. »Ich hab mal nichts Persönliches reingeschrieben, sicherheitshalber, das holen wir aber später nach.«

Ich hätte ihn jetzt heftig zurechtweisen müssen und das Geschenk hätte ich ablehnen müssen. Nichts von beidem tat ich, sondern ich lächelte mit zitternden Lippen, während ich mit den Tränen kämpfte und das Buch streichelte.

Nicht einmal als Ruth starb, hab ich so häufig weinen müssen wie jetzt; manchmal denke ich, ich löse mich noch restlos in Wasser auf, und das wäre vielleicht auch das Beste. Ich bin nicht mehr ich selbst, ich weiß überhaupt nicht mehr, wer ich bin, ich lade Schuld über Schuld auf mich, durch Lügen und Schweigen und verbotene Handlungen, ich habe keine Kontrolle mehr über meine Gedanken und erst recht nicht über meine Gefühle.

Wie hätte es sonst sein können, dass ich über Gilberts Aufmerksamkeit zutiefst glücklich war? Denn die Tränen, die ich zurückdrängte, wollten aus Freude fließen.

Ich war achtzehn geworden, Gilbert hatte es rechtzeitig herausgefunden und mich mit seinem Einfall völlig überrascht!

»Danke«, hauchte ich. Dann beugte ich mich tief über das Buch. Der zarte Duft der Rose stieg mir in die Nase und verursachte, dass mir vor Glück schwindlig wurde.

Das Buch konnte ich mit nach Hause nehmen; falls jemand fragte, würde mir etwas einfallen. Die Rose hielt ich bis zuletzt in der Hand, hinter der Schultasche verborgen, und bevor ich in unsere Straße einbog, ließ ich sie in einen Vorgarten fallen, wo ich sie mit Trauer im Herzen liegen sah. Jehova Gott, betete ich, du hast sie so makellos schön geschaffen, nun muss sie dort verrotten, warum darf ich sie nicht behalten und in einer Vase auf meinen Schreibtisch stellen, warum? Das kannst du doch nicht wollen, dass sie so elendiglich zugrunde geht ...

Er antwortete nicht. Er wollte es, jawohl.

Eine Hassflamme züngelte in mir auf, über die ich maßlos erschrak. Ich hätte mich am liebsten auf der Stelle niedergeworfen und IHM gesagt, dass ich nicht IHN hasste; gegen wen oder was aber richtete sich mein Zorn? Nicht einmal das wusste ich.

So glücklich ich in der Schule gewesen war, so tief war die Niedergeschlagenheit, in die ich zu Hause stürzte. Ich entschuldigte mich mit Schularbeiten und wollte allein in meinem Zimmer sein. Oma und Opa Kuske kamen mir in den Sinn, die morgens *neben ihrem Auto gestanden hatten*, erwartungsvoll, mit Gesichtern, die sich zum Lächeln bereit gemacht hatten, ehe ich abrupt stehen geblieben war, mich weggedreht hatte und über die Straße gerannt war, um drüben weiterzugehen.

Mein Geburtstag hatte sie zu diesem Verhalten verleitet, ganz klar, das hatte ich nur im ersten Moment nicht begriffen. Nun, als ich allein an meinem Schreibtisch saß, Gilberts Buch an die Wange gepresst, erinnerte ich mich auch an ihre Arme, die angewinkelt gewesen waren, die Hände zum Ausstrecken bereit. Und ich sah auch ihre lieben Gesichter vor mir, die so alt geworden sind.

Das alles tat unsäglich weh.

Vielleicht war ich deswegen nicht recht bei mir, als ich am Abend noch einmal bat, mit nach München fahren zu dürfen. Wo die Sache doch längst besprochen und begründet war: Papa und Mama waren der Ansicht, dass sich für Zeit und Geld eine bessere Verwendung finden würde; das Geld konnte ich Gottes Organisation zufließen lassen, wo es einem viel wertvolleren Zweck dienen würde als der Befriedigung eines oberflächlichen Bedürfnisses nach Vergnügung. Und die Zeit konnte ich nutzen, um Gottes Verkündigungswerk zu tun oder aber um einen Tag auszuruhen, denn ich sähe blass und angestrengt aus, und ob ich eigentlich meine Vitamintabletten regelmäßig nähme – das war der ganze Kommentar.

Dass wir unser Geld sehr gut einteilen müssen und nichts verschleudern dürfen, ist auch mir klar. Wie die anderen war ich bisher stolz darauf, dass die gigantische Publikationsarbeit unserer Organisation sich nur aus den Spenden der Mitglieder finanziert und dass alles, was wir geben, nur Jehovas Werk zufließt. Aber ich muss einräumen, dass ich mir auch noch nie etwas so dringend gewünscht habe wie diese Fahrt.

Ich hätte die Kraft gefunden, meinen Wunsch durchzusetzen, wenn nicht hinter den Einwänden meiner Eltern etwas viel Gravierenderes gesteckt hätte: die Furcht, dass ich mich außerhalb ihres Einflussbereiches in weltlicher Gesellschaft befinden würde, vermutlich unter geringer Aufsicht, auf jeden Fall unter Jugendlichen, die für ihr unmoralisches Benehmen bekannt sind.

Ich versuchte es trotzdem und benutzte eine verzweifelte Lüge: »Herr Lemmer hat gesagt, das Stück ist sehr wichtig. Wir schreiben auch eine Arbeit darüber.«

Papa kam ins Nachdenken. Dann erhellte sich sein Gesicht. »Frage deinen Lehrer, ob Johannes mitfahren kann, dann erlauben wir es dir.«

»Aber«, rief ich entsetzt, »Johannes muss doch ... Er hat doch nicht frei!«

»Er kann vielleicht einen Urlaubstag nehmen.«

Johannes saß dabei und nickte gnädig.

»Aber es interessiert ihn doch nicht! Außerdem ist es ein *englisches* Stück, er versteht's gar nicht!«

»Ich hab auch Englisch gehabt«, widersprach Johannes.

»Pipifax-Englisch!«, sagte ich verächtlich.

»Esther!«, wies Papa mich scharf zurecht.

»Ist doch wahr«, murmelte ich.

Und würde das nicht die doppelten Kosten verursachen, wo wir doch schon die einfachen einsparen wollten. Wo war da die Logik? Das behielt ich für mich, um es nicht an Respekt fehlen zu lassen.

Mama schaute mich an: »Nun, Esther?«

Ich merkte, wie mein Gesicht sich gegen meinen Willen zur Grimasse verzerrte. »Nein, danke«, sagte ich mühsam. »Ich verzichte.«

Wir sprachen dann noch darüber, wann ich nun mit meinen Fahrstunden anfangen würde, denn für Verkündiger, die auf dem Land leben, ist der Führerschein ziemlich wichtig; Papa und Mama missfiel es zwar sehr, dass ich den Theorieunterricht zusammen mit diesen Jugendlichen haben würde, die jetzt schon Satan gehören, sieht man sie doch vor und nach dem Unterricht rauchend am Eingang herumstehen, aber wir würden das nicht ändern können.

Doch erhielt Mama von Papa den Auftrag, sich die verschiedenen Fahrschulen in unserer Umgebung näher anzusehen und mit den Lehrern darüber zu sprechen, ob wenigstens während des Unterrichts Zucht und Ordnung herrsche.

In dieser Nacht träumte ich von meiner Rose. Ich wachte auf und wusste zuerst nicht, warum ich so traurig war. Dann wurde mir der Traum Stück für Stück bewusst, obwohl ich mich gegen die Erinnerung wehrte, denn ich ahnte bereits das schreckliche Ende. Und richtig. Mir fiel ein, dass es zuletzt keine Rose mehr gewesen war, die da welk am Boden gelegen hatte, sondern dass es Ruth gewesen war.

Gilbert

Ich habe ganz umsonst für Esther mitbezahlt. Und es lag auch überhaupt nicht am Geld, totaler Trugschluss von mir. Bis zuletzt konnte ich's nicht glauben, obwohl sie's mir zu erklären versucht hat, noch am Tag zuvor, im Putzraum unten im Keller.

Keine romantische Gegend, es stank nach nassen Lappen; aber den Schlüssel für den Physiksaal konnte ich nicht kriegen, und der Park wird jetzt, Ende November, richtig durchsichtig, so dass Esther sich nicht mehr hintraut, außerdem sind jeden Tag die Arbeiter dort. Sie scharren das letzte Laub zusammen, den Brunnen haben sie mit Brettern vernagelt, und auch wenn sie unser Blockhaus nicht eingemottet oder abtransportiert haben, so haben sie doch die Umgebung keimfrei gekratzt, und man sitzt im Häuschen wie auf dem Präsentierteller.

Mir würde das ja nichts ausmachen, mit Esther würde ich mich sogar mitten auf dem Schulhof niederlassen, aber meine Meinung ist hier nicht gefragt.

Ich hielt sie im Arm und vergaß die stinkenden Putzlappen.

»Wieso? Sag mir *einen* plausiblen Grund!«, sagte ich.

Esther murmelte etwas von schlechter Gesellschaft, ungenügender Aufsicht, unmoralischem Benehmen, lauter hirnrissiges Zeug eben. Dann sagte sie, mit ihrem Bruder zusammen hätte sie mitfahren dürfen.

»Die spinnen wohl!«, schrie ich.

Sie legte mir erschrocken die Hand auf den Mund. »Wenn mich einer hier erwischt ...«, flehte sie.

Ihre Angst war um nichts geringer geworden. Auch wenn ich jetzt nicht mehr die fürchterlichsten Verrenkungen machen musste, um sie zu einem solchen heimlichen Kurztreff zu überreden.

Ich wiegte sie beruhigend und flüsterte in ihr Haar: »Kannst du's nicht noch einmal versuchen?«

»Hat keinen Zweck«, gab sie undeutlich zurück. »Außerdem – wenn sie erst wüssten, dass ihre vagen Befürchtungen von der Wirklichkeit übertroffen werden, wenn sie etwas von dir und mir ahnen würden ...« Unglücklich verstummte sie.

Ich wollte ihr nicht wehtun, aber sagen musste ich es trotzdem: »Und dabei dachte ich, wenn ich zu den Versammlungen komme und wenn ich dem Bibelkurs zustimme, akzeptieren sie mich – aber es hat sich ja gar nichts geändert!«

Sie presste das Gesicht in meine Halsgrube und flüsterte: »Du hast mit dem Heimbibelstudium noch nicht mal angefangen.«

»Ja«, sagte ich, »weil du nicht dabei bist. Auf den Versammlungen kann ich dich wenigstens *sehen*! Ich fange aber an, sobald das Auto fertig ist; mein Kumpel hat nur am Abend Zeit, daran herumzumachen, und ich kann ja nicht auch noch verlangen, dass er's alleine tut. Wenn ich erst ein Auto hab, Esther ... Du, ich könnte dich vielleicht im Kofferraum verstecken und mit dir irgendwohin fahren!« Ich nahm ihren Kopf in die Hände, um die Reaktion zu sehen.

Da war ein Wetterleuchten in ihren Augen, die ganze Palette von Schreck bis Begeisterung.

Wir malten uns flüsternd aus, wohin wir fahren würden und wie das wäre.

Bis wir Schritte auf dem Kellerflur hörten.

Unsere Tür hatte keinen Schlüssel. Ich drückte das Knie dagegen, stemmte die Schulter unter die Klinke und zwinkerte Esther unbesorgt zu.

Jemand machte sich in einem anderen Raum zu schaffen, dem Gepolter nach war's der Hausmeister, seine Tür hatte er offen gelassen, also würde er wohl bald wieder verschwinden. Hoffentlich brauchte er nichts aus dem Putzraum ...

Noch jemand latschte in den Keller, ging tausendmal an uns vorbei, redete mit dem Hausmeister – muss seine Frau gewesen sein –, schleppte irgendwas, verzog sich aber nicht endgültig.

Die Stimmen hallten, so dass wir nicht ermitteln konnten, wo die Personen waren. Esther hatte inzwischen die Farbe der Putzlappen angenommen, sie lehnte an der Wand und zitterte, sie zerbiss sich die Unterlippe und umklammerte ihre Tasche mit weißen Fingern.

Meine Haltung wurde wahnsinnig anstrengend. Um es zu überspielen, grinste ich und schnitt Grimassen; dabei hatte ich nur einen einzigen Impuls: mich aufzurichten, Esther bei der Hand zu nehmen, hinauszumarschieren und *leckt mich* zu sagen.

Nach diesem Frusterlebnis und nach der Theaterfahrt, die ich stocksauer mitmachte, beschloss ich, den Zettel zu suchen, auf dem die Adresse des Sektenbeauftragten steht. Ich hatte bisher null Bock gehabt, da hinzugehen, hatte den Menschen einmal telefonisch nicht erreicht und das vor Mom und Paps als Dauerausrede benutzt; meinem Reli-Lehrer hatte ich gesagt, dass ich den Mann demnächst aufsuchen würde.

Demnächst war gekommen. Also, irgendjemand musste mir jetzt sagen – was eigentlich? Worauf ich mich da einließ? Aber ich wollte mich ja einlassen! Die Organisation war doch – jedenfalls laut Video – imponierend, oder vielleicht nicht?

Und Esther konnte ich anscheinend nicht ohne die Organisation haben – warum mir also etwas *ausreden* lassen, wie meine lieben Erzeuger hofften?

Ich wollte nur hingehen, weil der Mensch möglicherweise über ein paar Dinge Bescheid wusste, die ich nicht kapierte. Zum Beispiel Esthers Verfolgungswahn; wenn der Typ nun sagen würde, das Mädchen täuscht sich, reden Sie doch einfach mit dem Vater und mit der Mutter, vielleicht liegt's nur daran, dass die Leutchen, wie Sie sagen, schon alt und verkalkt sind ...

Esthers Eltern kommen mir wirklich verdammt alt vor, kann sein, dass die noch im vorigen Jahrhundert leben, wo man zum Rendezvous eine Anstandsdame mitnehmen musste.

Das ungefähr wollte ich dem Menschen sagen und dann seine Meinung dazu hören. Ja, und wenn ich schon dabei sein würde, interessierten mich noch ein paar Dinge, die ich absolut nicht begriff. Etwa, was im Jahr 1914 passiert sein soll (für mich ist das der Beginn des ersten Weltkriegs). Und was war an dem Himmel für 144 000 dran und warum sollten die Evolutionstheorie und die Frauenemanzipation und die Bluttransfusion teuflisch sein? Auf der offiziellen Homepage der Zeugen Jehovas findet man zwar Artikel zu allem, aber sie sind breit ausgewalzt und mit Suggestivfragen durchsetzt – das kann lesen, wer will.

Wenn ich da erst klarsehen würde, wollte ich auch einmal in der Versammlung meinen Mund aufmachen und etwas sagen, das vielleicht nicht im Buch oder im Heftchen steht.

Der Mann heißt Wolfgang Brucklachner. Den Nachnamen durfte ich aber gleich vergessen, mit Wolfgang war er voll und ganz zufrieden. Er duzte mich, was mir recht war. Seine Freundin nannte ihn Wolfi und verabschiedete sich gerade.

»Hey«, sagte ich, »ich wollte Sie nicht vertreiben!«

»Hast du nicht. Sie hat noch etwas vor, sie macht Jazztanz. Setz dich.« Er ließ sich mir gegenüber am Tisch nieder und schob mit dem Arm Schreibkram beiseite.

»Du hast ein Problem?«

»Tja«, sagte ich, »weiß nicht. Eher meine Freundin. Sie ist Zeugin Jehovas.«

Er ließ einen leisen Pfiff ertönen und schaute mich aufmerksam an.

Weil er nichts sagte, redete ich einfach weiter. »Jetzt überlege ich, ob ich auch in die Sekte eintreten soll – es ist doch 'ne Sekte, oder?«

»Kommt auf den Standort an«, sagte er mit einem kleinen Lächeln.

»Was meinen Sie damit?«

»Sag einfach du. Ich meine, ob man drinnen oder draußen ist. Für Außenstehende hat die Wachtturmorganisation die Merkmale einer klassischen Sekte. Wer aber Mitglied ist, bezeichnet alle anderen Christen als Sektierer.«

»Ah ja«, sagte ich.

»Jehovas Zeugen behaupten von sich, die einzigen Christen zu sein, zu denen Gott über eine Art Mitteilungskanal spricht.«

»Mitteilungskanal ist auch so ein Wort, das ich gelesen und nicht verstanden habe.«

»Ja. Dabei handelt es sich um die Führung der Organisation, die sogenannte leitende Körperschaft. Ihr teilt Gott sich angeblich mit und sie fungiert als Kanal, sie gibt seine Worte, seinen Rat, seine Gebote und Verbote an die Gläubigen weiter, die bedingungslos daran glauben müssen. Ich habe hier einen *Wachtturm*, du kannst es nachlesen.«

Damit stand er auf und ging zu einem Regal, das voller Bücher, Zeitschriften und Ordner war. Er griff einen Ordner heraus und blätterte zwischen den Registern.

»Hier, ich hab's.« Er setzte sich und las: »*Da sein heiliger Geist auf die leitende Körperschaft dieser Organisation einwirkt, stimmt deren Rat mit seinem Willen überein. Durch die*

Schriften der Watch Tower Society erhalten wir vortrefflichen Rat über unser persönliches Verhalten, die Ehe, die Gottesanbetung ... Ob uns dieser Rat nun durch die Bibel oder durch die Organisation Jehovas gegeben wird, so kommt er jedenfalls von Gott.« Er schob mir den Ordner über den Tisch zu.

»Na schön«, sagte ich. »Mir kann unser Pfarrer auch viel erzählen. Ich glaube, was ich will.«

Er nickte und sagte bedeutungsvoll: »Du wirst dafür auch nicht aus der Kirche verstoßen.«

»Ja, klar. Wieso? Was willst du damit sagen?«

»Nun, wenn du Zeuge wärst, müsstest du allen Anweisungen der Führung bedingungslos, fraglos und diskussionslos gehorchen. Rauchst du?«

»Manchmal. Aber jetzt nicht, danke.« Sein Angebot kam ziemlich unvermittelt, er griff nicht in die Tasche, ich sah auch keine Zigaretten herumliegen und keinen Ascher und keine Streichhölzer.

Wolfgang lehnte sich zurück. »Ich wollte dir auch keine anbieten, ich bin nämlich Nichtraucher. Wollte nur wissen, ob du rauchst. Wenn du rauchst, kannst du kein Zeuge sein.«

»Hey, das können sie einem doch nicht verbieten!«

»Und ob. Die Reglementierung geht bis in die persönlichsten Bereiche. Bleiben wir mal beim Rauchen. Wenn du *heimlich* rauchst, macht dich mit der Zeit dein schlechtes Gewissen fertig; wenn dich ein Glaubensbruder oder eine Glaubensschwester dabei *erwischt*, besteht Anzeigepflicht, er oder sie muss dich melden ...«

»Wo?«

»Bei den Ältesten. Wer etwas vertuscht, macht sich mitschuldig. Wenn du dann trotz wiederholter Ermahnungen deine schlechte Gewohnheit nicht aufgibst, droht dir der Gemeinschaftsentzug.«

»Was soll das sein?«

»Das, was das Wort sagt, die Gemeinschaft der Zeugen wird dir entzogen. Niemand redet mehr mit dir, keiner schaut dich an; wenn du trotzdem den Königreichssaal betrittst, wirst du behandelt wie ein Aussätziger. Dir«, jetzt lächelte er, »würde das vielleicht nicht viel ausmachen, weil du noch ein paar Freunde in der *Welt Satans* hättest, mich zum Beispiel, deine Eltern, deine Lehrer, deine Schulkameraden, deine Sportsfreunde und so weiter. Aber wenn du schon lange Zeit Zeuge wärst, hättest du dich inzwischen von allen anderen Menschen abgesondert und wärst nach dem Gemeinschaftsentzug vollkommen allein. Das versuch dir mal vorzustellen.«

»Aber warum machen sie das?«

»Um ihre heilige Organisation von allen schädlichen Einflüssen rein zu halten. Der Gemeinschaftsentzug wird von ihnen als liebevolle Vorkehrung bezeichnet, weil er angeblich ein Ausdruck der Liebe gegenüber Gott ist und ein Beweis der Liebe gegenüber den treuen Gläubigen, und weil er den Übeltäter zur Reue bewegen soll ...«

»... durch Psychoterror!«, rief ich.

»Das sagst du. – Hat deine Freundin irgendeine Untugend wie zum Beispiel Rauchen?«

»Nein«, sagte ich erleichtert. »Esther ist eine Heilige.« Ich lachte dazu.

»Trifft sie sich heimlich mit dir?«, wollte er wissen.

»Nun, ja ...«

Viel zu selten, viel zu kurz, was haben wir denn schon außer ein paar gestohlenen Minuten, dachte ich. Dann gab ich mir einen Ruck und erzählte Wolfgang, wie das mit mir und Esther läuft: verstohlene Treffs im Park, im Physiksaal, in einer stinkenden Putzkammer. Welche Angst sie vor ihren Leuten hat.

Er hörte sich alles an. Danach bemerkte er sachlich: »Du hast doch von Psychoterror gesprochen. Der blüht ihr in seiner schlimmsten Form, wenn's rauskommt. Und wenn sie es danach noch wagen sollte, weiterhin an dir festzuhalten, wird sie aus der Gemeinschaft ausgeschlossen. Die Eltern haben zwar noch Unterhaltspflicht, aber mehr nicht. Falls die Eltern zu ihrem Kind stehen, werden auch sie ausgeschlossen.«

Ich starrte Wolfgang an. Mein erster Gedanke war: Also stimmt es, was Esther fürchtet, es ist kein Verfolgungswahn. Mein zweiter Gedanke war: Sollen sie sie ausschließen, dann kommt sie zu mir, was Besseres kann mir ja gar nicht passieren.

Ich vermute mal, Wolfgang kann Gedanken lesen.

Er fing nämlich langsam und wie für sich zu reden an. »Wenn Esther eine Hineingeborene ist – und das ist sie ja wohl –, dann wäre eine solche Situation für sie unerträglich. Sie könnte an dem Gewissenskonflikt zerbrechen. Denn sie hat ihr Leben lang nichts anderes gehört, als dass jeder, der nicht zu Jehovas Organisation gehört, verloren ist; mit der Organisation verlässt sie auch Gott, wechselt zu Satan hinüber und wird demnächst in Harmagedon vernichtet werden. Das wurde ihr eingeimpft, seit sie aufnehmen und denken kann. Wie sollte sie sich plötzlich davon freimachen können? Bestimmt hängt sie auch an ihren Eltern, an ihrer Familie, vielleicht auch an den Freunden. Deren Liebesentzug kommt zu Gottes Liebesentzug hinzu – kann mir nicht vorstellen, wie ein junges Mädchen das verkraften soll.«

Ich hörte ihm stumm zu. Für einen Moment hatte ich eine Vision gehabt von der Großartigkeit meines Gefühls für Esther. Die platzte nun angesichts all dessen, was Esther aufgeben würde. Mein Gefühl blieb, aber seine Größe war dahin, ganz erbärmlich kam es mir jetzt vor.

»Wie alt bist du?«, fragte Wolfgang. »Neunzehn, zwanzig?«

»Neunzehn.«

»Und gehst noch zur Schule. Wie stark ist deine Zuneigung zu dem Mädchen?«

»Soll ich sie in Watt oder in Newton angeben?«, spottete ich.

Er nickte. »War eine dumme Frage. Ich wollte damit nur einen Gedanken ansprechen ...«

»Schon kapiert. Also, das mit Esther und mir, ich glaube, das ist die große Liebe, falls es so was überhaupt gibt. Aber – wie soll ich sagen – ich kann doch keine Garantie geben!«

»Ja«, sagte er nach längerem Nachdenken, »das kann wohl keiner von uns.«

»Du auch nicht?«

»Ich auch nicht.« Er lächelte ein bisschen hilflos. »Du hast sie ja gesehen – Andrea. Manchmal denk ich, sie ist es, dann kommen wieder Zeiten, wo ich mir nicht so sicher bin. Aber immerhin hab ich durch sie begriffen, dass ich für die Ehelosigkeit nicht geeignet bin.« Jetzt grinste er. »Wollte eigentlich Priester werden, aber mitten im Studium hab ich sie kennengelernt.«

»Wie alt bist du?«, wollte ich wissen.

»Neunundzwanzig.«

»Du hast katholische Theologie studiert und gibst Religion?«

»Mhm.«

»Und wieso bist du Sektenbeauftragter?«

»Das ist eine etwas unglückliche Bezeichnung. Eigentlich gehöre ich zur Beratungsstelle für Religions- und Weltanschauungsfragen unserer Diözese und bin eben Anlaufstelle für die Leute im Raum Pettenstein. Es bot sich an, weil ich meine Diplomarbeit auf dem Gebiet geschrieben habe.«

»Weißt du was«, platzte ich heraus, »jetzt bist du schon so alt, hast Studium und Diplom hinter dir und bist dir noch nicht sicher, ob Andrea *die Frau* ist! Wie soll ich dann mit neunzehn irgendwas wissen?«

»So ist es«, sagte er.

Wir schwiegen eine Weile. Dann begann ich zögernd: »Es wäre also nicht gut, wenn ich Esther da rausholen würde ...«

»Wenn du das überhaupt schaffst.«

»Wenn ich das überhaupt schaffe.« Ich nickte. »Sie ist verdammt linientreu, weißt du, macht sich irre Sorgen wegen ihrer Taufe ... Ach, übrigens, die Taufe, die ist doch freiwillig, oder?«

»Soweit eine Sache freiwillig sein kann, auf die man von Geburt an vorbereitet wird«, sagte er, »ist dieser Schritt ein freiwilliger.«

Daraufhin hörten wir dem leisen Rauschen des Heizkörpers zu.

Bis ich es nicht mehr aushielt. »Mir bleibt nur eines!«, stieß ich hervor. »Ich muss Zeuge werden.«

Er schien nicht sonderlich überrascht.

»Ich kann doch wieder raus, wenn ich will?«

»Mit der Konsequenz des Gemeinschaftsentzugs. Also mit dem vermutlich endgültigen Verlust deiner Freundin.«

»Ja, ja.« Ich wollte mich ja nur rückversichern, für alle Fälle; an den Verlust Esthers durfte ich gar nicht denken. »Immerhin ist das doch eine imponierende Organisation, oder? Ich hab mal ein Video gesehen ...«

»Meinst du dieses?« Wolfgang stand auf und zog eine Kassette aus seinem Regal.

»Ja, das meine ich, du kennst es also!«

Mit dem Video war ein Heft halb herausgerutscht. Es war dasselbe, das Esther mir damals gegeben hatte und aus dem ich meine ersten Informationen bezogen hatte.

Ich erinnerte mich an die Randbemerkungen, die ich hingekritzelt hatte, und wiederholte: »Nach allem, was man sehen und lesen kann, muss es sich doch um eine sagenhafte Organisation handeln, oder?«

Wolfgang blieb stehen, die Kassette in der einen und das Heft in der anderen Hand. »Ich möchte dir eine Gegenfrage stellen. Wie bildet man sich eine objektive Meinung?«

Ich dachte nach. Mit meiner Internet-Recherche hatte ich ja schon Ansätze dazu gemacht. War nur leider bei Ebay hängengeblieben. »Indem man ... Darstellung und Gegendarstellung betrachtet und miteinander vergleicht?«

»Würde ich auch sagen. Was du hier siehst, Film und Broschüre, ist die Darstellung aus der Sicht der Wachtturmorganisation, es handelt sich also mit Sicherheit um ein positives Selbstbild. Warte, ich les dir etwas aus dem Heft vor.« Er blätterte, und als er laut las, erkannte ich die Stelle wieder. »*Mit der vorliegenden Broschüre soll Jehovas Zeugen die Gelegenheit gegeben werden, den Sachverhalt von ihrer Warte aus zu*

schildern ... Aufrichtige, aufgeschlossene Menschen sind eingela-
den, diese Broschüre zu lesen und sich dadurch eine objektive
Meinung über Jehovas Zeugen zu bilden.«

»Das ist ja ein Widerspruch in sich!«, rief ich. Es war mir
damals nicht aufgefallen.

»Ja. So hätten's alle Sekten gern, dass man sich nach *ihren*
Angaben eine *objektive* Meinung bildet.« Seine Augen funkel-
ten. »Einen Monat nach dem Erscheinen dieses Heftes haben
auch die Scientologen eine Werbebroschüre in eigener Sache
herausgebracht und in den Fußgängerzonen verteilt. Aber das
nur nebenbei, um dir zu zeigen, dass sich die Methoden äh-
neln und dass man wachsam sein muss.«

Er schob die Kassette und das Heft in die Lücke zurück und
fuhr mit der Hand die Regalreihe entlang. »Ich habe Zeugen-
literatur gesammelt, hier, Bücher und Schriften. Damit hören
wir den Originalton, hochinteressant. Was ich aber außerdem
habe, ist eine Menge Aufklärungsliteratur. Vieles davon ist
von ehemaligen Zeugen geschrieben, die nach oft jahrelan-
gem Ringen ausgestiegen sind. Willst du etwas davon haben,
damit du weißt, worauf du dich einlässt?«

»Muss ich ja wohl, wenn ich mir eine objektive Meinung
bilden soll!«

»Damit«, sagte Wolfgang leichthin, »gehörst du zu den sel-
tenen Fällen derer, die offenen Auges in eine Sekte einstei-
gen.«

»Ach so?«

»Normalerweise ist der Einstieg schleichend; du kriegst die
Sektenwirklichkeit in kleinen, verträglichen Dosen verpasst,
und während du dich daran gewöhnst, kommt dir alles logisch und erstrebenswert und gar nicht mehr seltsam vor. In

deinem Fall würde man mit einem Heimbibelstudium beginnen ...«

»Das wurde mir angeboten!«

»Siehst du. Ein gut geschulter Verkündiger arbeitet mit dir. Er bringt ein Buch mit, das er dir sofort schenkt, und die Zeugenbibel, die er dir auch sofort schenkt.«

Wolfgang griff nach einem unauffälligen kleinen Buch und schlug es auf.

»Ihr lest zum Beispiel: *Stellen wir uns zwei Männer vor, die ihre Autos reparieren. Enttäuscht wirft der eine sein Werkzeug hin. Der andere behebt in aller Ruhe den Fehler, dreht den Zündschlüssel und lächelt, sobald der Motor startet und ruhig läuft. Wir brauchen nicht lange zu raten, welcher der beiden Männer die Reparaturanleitung des Herstellers besaß. Sollte man nicht von Gott erwarten, dass er uns eine Anleitung für das Leben geben würde? Wie bekannt sein dürfte, beansprucht die Bibel, genau das zu sein – ein Buch mit Anleitung und Unterweisung von unserem Schöpfer, ein Buch, das uns die Erkenntnis Gottes vermitteln soll.«*

Jetzt holte Wolfgang ein weiteres Buch aus dem Regal. »Nach der Geschichte mit den Autoreparierern ist eine Bibelstelle angegeben, der zweite Brief an Timotheus, sehen wir doch, was darin steht.« Er blätterte; das schwarze Buch musste die Zeugenbibel sein.

»Hör auf«, sagte ich, »ich hab's schon begriffen. Man liest also und schlägt die Bibelzitate nach. Na und?«

»Tu das nicht zu leicht ab«, warnte er. »Das baut sich Schritt für Schritt und logisch auf. Wenn sie mit dir fertig sind, glaubst du alles. Dass der Gemeinschaftsentzug eine liebevolle Vorkehrung und der Hase ein Wiederkäuer ist.«

»Was?«

»Ja.« Wolfgang setzte sich mir gegenüber. Er lachte nicht. »Die Bibel enthält auch naturwissenschaftliche Irrtümer. Das mit dem Hasen ist ja eher lustig, aber die Zeugen lachen nicht darüber. Sie beweisen dir, dass der Hase ein Wiederkäuer ist. Und dass die Evolutionstheorie nicht stimmen kann. Und am Ende glaubst du alles.«

Ich fing an, Kopfweh zu kriegen.

»Sie behaupten auch, dass der Himmel nur für 144 000 bestimmt ist, und als einer von Millionen Zeugen wirst du dich glücklich schätzen, im Paradies auf Erden leben zu dürfen. Eine hübsche Zweiklassengesellschaft, und im selben Atemzug wird betont, vor Gott wären alle Mitglieder seiner Organisation gleich. Im Jahre 1914 soll Christus unsichtbar seine Herrschaft errichtet und Satan aus dem Himmel geworfen haben; seitdem sollen Satan und seine Dämonen mehr denn je auf der Erde wüten – es ist ein Kampf Satan gegen Jehova, wobei Jehova in der Endschlacht von Harmagedon als Sieger hervorgehen und alle Menschen vernichten wird, die nicht zu seiner Organisation gehören. Und selbst die, die zur Organisation gehören, dürfen sich nicht sicher sein, denn sonst könnten sie ja in ihren Bemühungen nachlassen. Worin diese Bemühungen bestehen, Gilbert, das finde mal selber heraus. Vielleicht eignest du dich ja zum Laienprediger ...«

Ich fühlte eine Feindseligkeit in mir hochsteigen und konnte nicht unterscheiden, ob sie sich nur gegen den Inhalt seiner Rede oder auch gegen ihn selbst richtete. Deshalb knurrte ich: »Alles, was du da sagst, mag ja stimmen. Aber übersiehst du dabei nicht, dass diese Leute *glauben* und etwas für ihren Glauben *tun*? Du müsstest Esther kennen ...«

»Ja!«, rief er. »Das versuche ich dir ja mitzuteilen! Die Leute glauben ehrlich und bemühen sich wie kaum einer von uns katholischen Christen, sie sind aufrichtig und leben nach ihrer Überzeugung – das alles ist wunderbar, aber die *Überzeugung*, vielmehr ihren Inhalt, fechte ich an! Dafür können die nichts, die hineingeboren wurden wie Esther, und die, die schleichend eingeführt wurden, halte ich auch nicht für verantwortlich. Die Verantwortlichen sitzen ganz oben in der Führungsspitze und geben die Druckerzeugnisse heraus, die Buchstaben für Buchstaben von den gewöhnlichen Zeugen geglaubt und befolgt werden müssen. Pass auf, von ihrer Überheblichkeit gebe ich dir jetzt noch ein Beispiel, es ist das Letzte, was ich dir aufdränge, danach sollst du dich selbst damit auseinandersetzen. Es steht in einer Ausgabe vom *Wachtturm*.«

Er ging wieder zu seinem Wunderregal und brauchte nicht lange, um zu finden, wonach er suchte. Er legte mir das Heft aufgeschlagen vor die Nase und ich las halblaut: »*Wie gesegnet Jehovas Diener doch dadurch sind, dass sie sich all dieses geistigen Lichts erfreuen können! In krassem Gegensatz dazu steht die folgende Äußerung eines Geistlichen, die erkennen lässt, in welch einer geistigen Finsternis sich die führenden Köpfe der Christenheit befinden: ›Warum gibt es die Sünde? Warum Leid? Warum den Teufel? Diese Fragen will ich dem Herrn stellen, wenn ich in den Himmel komme.‹ Jehovas Zeugen können ihm die Gründe nennen ...*« Ich brach ab und schaute hoch, mein Reli-Unterricht trug Früchte. »Sie maßen sich an, alle Existenzfragen beantworten zu können?«

»Ja«, sagte Wolfgang. »Und das macht ihren Reiz für Menschen aus, die Gewissheiten brauchen. Wir alle wüssten gern

Bescheid über unser Woher und Wohin, über den Sinn unseres Lebens und die Ursachen des Leids; aber darüber hinaus gibt es Menschen mit einem *erhöhten* Sicherheitsbedürfnis, sie brauchen jemanden, der ihnen sagt, so und nicht anders ist es, das und nichts anderes sollst du tun, so und nicht anders wird deine Zukunft in einer besseren Welt sein.«

»Alle Fragen, die unsere Philosophen und Theologen nicht beantworten können ...«

»... werden von der Zeugenführung beantwortet«, beendete er meinen Satz. »Wenn du Zeuge bist, Gilbert, ist alles sehr einfach, du musst nicht mehr nach der Wahrheit suchen, das haben andere bereits für dich getan. Du lässt damit zwar ein paar geistige Möglichkeiten brachliegen und nimmst eine Menge Einschränkungen auf dich, aber die subjektive Sicherheit ist dir das wert.«

»Aber Esther ...« Ich schaute ihn hilflos an.

»Noch einmal: Sie ist eine Hineingeborene. Es ist unglaublich schwer, sich aus dem Gedankengut zu lösen, selbst dann, wenn man Verstand hat und ihn auch benützt.«

»Kann ich sie zu dir bringen?«, sagte ich leise.

Wolfgang schaute mich mitleidig an. »Sie wird dich schnell durchschauen. Und in diesem Moment darf sie nicht mehr. Alle Aufklärung wird von den Zeugen als Gift bezeichnet, von dem man sofort die Finger lassen soll, wenn man es merkt.«

»Aber Argumente muss man sich doch anhören dürfen!«, protestierte ich.

Wolfgang schüttelte den Kopf. »Nein. Die Zeugen dürfen nicht. Alles, was sie abtrünnig machen könnte, ist verboten.«

»Über Verbote kann man sich hinwegsetzen ...«

»Ja, vielleicht, und es wird in kleinen Dingen auch getan, was unvorstellbare Gewissenskonflikte zur Folge hat. Aber in diesem Fall ist es so, dass die Zeugen denken, niemand kennt die Bibel besser als sie, denn sie studieren sie ja jeden Tag, warum sollten sie sich also eine fremde Meinung anhören. Dass sie alles durch die Brille der leitenden Körperschaft lesen, ist ihnen nicht bewusst. Und falls es dem einen oder anderen doch mal dämmern sollte, spielt das keine Rolle, denn er hält ja diese Brille für die einzig richtige.«

»O Mann«, sagte ich. »O Mann.«

Eine Weile saß ich zusammengekrümmt da. Dann fuhr ich mir verzweifelt in die Haare und rief: »Was soll ich bloß tun? Du bist doch Sektenbeauftragter – kannst du mir nicht sagen, was ich tun soll?«

»Dir sagen, was du tun sollst? Nein, das kann ich nicht.« Er suchte im Regal und stellte sorgfältig ein paar Broschüren zusammen. »Ich kann dich informieren und ein Stück weit auch beraten. Aber entscheiden musst du selbst.« Er reichte mir die Schriften. »Hier. Darin findest du alles über die Lehre, die Praktiken und so weiter. Du kannst kommen, so oft du willst, und dich aus meinem Schrank bedienen. Im Internet findest du auch alle möglichen Links. Wenn du trotz allem und wegen des Mädchens offenen Auges in die Sekte gehen willst, dann sei dir dessen bewusst, dass sich dein Denken umdrehen kann. Das ist meine Warnung.«

Als er mich hinausließ – es war dunkel und kalt, Frost lag in der Luft –, sagte er leichthin: »Wirst du wiederkommen?«

Ich sah ihn in der offenen Tür stehen, im hellen Licht, das aus der Wohnung kam, einen jungen Menschen, gar nicht so viel älter als ich, der sich bereits gründlich mit den Fragen des

Lebens auseinandergesetzt hatte, aber nicht behauptete, sie lösen zu können.

»Je nun«, sagte ich, »ich muss dir ja deine Schriften zurückbringen!«

Ich lachte und winkte mit den Broschüren.

Esther

Mein Leben besteht seit zwölf Jahren aus den beiden Feldern Königreichsdienst und Schule; ich vermied bisher, so gut es ging, dass es an der Nahtstelle knisterte. Das, dachte ich, lässt sich so fortsetzen, auch später in Studium und Beruf, bis Jehova seinen Vorsatz verwirklicht und dem gegenwärtigen System der Dinge ein Ende bereitet.

Aber die Sache mit Gilbert hat mir jeden Boden entzogen, so dass ich nicht mehr weiß, wo ich stehe, woran ich mich halten soll, wie es weitergeht. Nach dem Chaos der ersten Wochen bin ich jetzt in eine Krise gestürzt, die so schlimm ist, dass ich mir in meiner Verzweiflung Leukämie wünsche. Ich würde die Bluttransfusion verweigern und für Jehova sterben.

Aber er wüsste, dass ich nicht für ihn, sondern aus Verzweiflung gestorben bin. Warum konnte ich nicht mit Ruth sterben, als ich noch geistig rein war? Warum, warum bin ich überhaupt geboren?

Nach der Theaterfahrt hat es angefangen. Zuerst dachte ich, es hat damit zu tun, dass ich nicht mitgefahren bin, Gilbert versteht meine Gründe nicht und ist sauer oder er hat sich von den anderen gegen mich beeinflussen lassen oder er mag mich nicht mehr, oder er hat ein Mädchen gefunden, das ihm besser gefällt.

Gilbert war sehr merkwürdig. Still und bedrückt. Schaute mich manchmal von der Seite an, wich aber meinem direkten Blick aus.

Das bewirkte, dass ich mich wie früher in mich zurückzog, mit wehem Herzen jetzt und der zusätzlichen Belastung der körperlichen Nähe ausgesetzt. Denn für eine Stunde jeden Tag sind wir ja zusammen, Schulter an Schulter und Arm an Arm. Ich hätte am liebsten den Platz gewechselt, weil ich dachte, in der Ferne würde ich nicht so furchtbar leiden, aber ich wollte nichts Auffälliges tun.

Ich beobachtete Gilbert. Soweit ich sehen konnte, hatte kein Mädchen sein Interesse geweckt. Es schien eher, als würde ein schweres Gewicht auf ihm lasten. Wie an dem Tag, an dem ich ihn zum allerersten Mal angesprochen hatte, und doch wieder anders. Denn damals war er meinen Augen nicht ausgewichen.

Er kam nicht mehr zu den Versammlungen und nannte auch keinen Grund dafür. Ich wurde natürlich von meiner Familie nach ihm gefragt, aber ich konnte nur wahrheitsgemäß antworten, dass ich nicht wusste, was ihn abhielt.

Für mich dachte ich: Er hat das Interesse verloren und wagt nicht, es mir zu sagen.

Sollte ich ihn direkt danach fragen?

Mein Stolz verhinderte das und die Angst vor seiner Antwort, außerdem hätte er sich durch die Frage gedrängt fühlen können. Mein schönster Traum, der von unserer gemeinsamen Taufe, zerrann.

Von Nacht zu Nacht wuchs in mir die Gewissheit, dass es Jehova war, der mich bestrafte. Und ich wusste auch genau, wofür. Ich hatte seinen Dämonen nachgegeben und Unsittlichkeit begangen, indem ich mich berühren und küssen ließ und auch selbst berührte und küsste – einen Ungläubigen.

Dass die Welt lügt und betrügt, wurde mir nun bewiesen, und dass Heil und Sicherheit nur in Jehovas reiner Organisation zu finden sind.

Ich versuchte zu beten. Aber es war so schwer! Ich konnte mir die Liebe zu Gilbert nicht einfach aus dem Herzen reißen, sie war fest verankert und ich hätte mir das Herz mit ausreißen müssen. Wenn ich Gilbert anschaute und seine Zurückhaltung und sein verändertes Wesen wahrnahm, tobte ein wilder Schmerz in mir, den ich mühsam verbarg.

Ich machte meine Schularbeiten, nahm an den gemeinsamen Mahlzeiten teil, ging zu den Versammlungen und in den Predigtdienst, womit meine Tage vollständig ausgefüllt waren, und wünschte mir bei alledem, sterben zu dürfen. Ich betete: Wenn ich Leukämie kriege, Jehova Gott, ist das dein Zeichen, dass du mich wieder aufnimmst und mir verzeihst.

Das Zeichen kam nicht. Aber etwas anderes geschah: Opa und Oma Kuske hörten auf, jeden Morgen auf mich zu warten. So sehr sie mich zwei Jahre lang damit gequält haben, so sehr vermisse ich sie jetzt. Drei Tage nach der Sache mit dem Brief fing es an, dass sie nicht mehr da waren.

Mit dem Brief war das so gewesen: Eines Morgens kurz nach der Theaterfahrt hatte Opa allein im Auto gesessen, wie ich durch einen raschen Blick hatte feststellen können. Ich brauchte mich nicht lange zu wundern, denn Oma hatte an der Bushaltestelle gestanden, wo sie mir inmitten der Schülerinnen und Schüler einen Brief in die Hand gedrückt hatte, den ich hatte nehmen müssen, um nicht Aufsehen zu erregen.

Ein Brief ist ohne Zweifel eine Botschaft, die gelesen werden will. Aber durfte ich die Botschaft von Abtrünnigen lesen? Nein, ich musste den Brief ungeöffnet den Versammlungsältesten übergeben, die ihn ebenso ungeöffnet zurückschicken oder vernichten würden – aber konnte ich das dann nicht selbst tun?

Ich war unschlüssig. Deshalb erwähnte ich den Brief nicht. Ich versteckte ihn in meiner Schultasche. Eines Nachts, als ich dringend Trost brauchte, legte ich ihn unter meine Wange, er war ja von Opa und Oma, nach denen ich mich sehne, obwohl sie abtrünnig sind. Am Morgen versteckte ich ihn wieder in einem Schulbuch. Da ist er übrigens noch immer; er kann keinen Schaden anrichten, solange ich ihn nicht öffne.

Am Tag nach dem Brief standen Opa und Oma neben dem Auto, mit erwartungsvollen Gesichtern, und machten einen Schritt auf mich zu, so dass ich wieder die Straßenseite wechseln musste. Und am Morgen danach auch. Am dritten Tag kamen sie nicht mehr.

Vielleicht haben sie im Brief geschrieben, dass sie zwei Jahre lang »stummes Zeugnis« – wie Oma mal gesagt hat – für ihre Sache gegeben haben und dass sie nun damit aufhören; von Reue kann nichts drinstehen, denn wenn sie bereuen würden, wüssten sie auch den Weg, der zurückführt: Sie müssten sich der Versammlung wieder anschließen und über eine längere Zeit hinweg beweisen, dass sie umgekehrt sind, dann würde man sie auch wieder aufnehmen. Mama hat mir das genau erklärt.

Ich habe überlegt, ob ich den ungeöffneten Brief zusammen mit ein paar Zeilen zurückschicken soll, in denen ich Opa und Oma von Herzen bitte, doch umzukehren; aber ich erinnerte mich daran, dass wir – besonders Mama – in dieser Richtung schon alles versucht haben und dass nur Opa und Oma selbst den Schritt tun können. Außerdem hatte der Schmerz über Gilberts verändertes Wesen schon alle meine Kraft aufgezehrt.

So dunkel wie der Dezembermorgen war auch mein Innerstes, als ich heute zur Schule ging. Niemand merkte etwas davon, denn ich habe mich ja schon immer abgesondert und bin für mich geblieben, gemäß dem Bibelwort: *Sie sind kein Teil der Welt.*

In der Englischstunde war ich vor Gilbert da. Ich schaute nicht auf, als er sich setzte. Doch spürte ich gleich, dass sich wieder etwas geändert hatte. Denn er war in seinen Bewegungen bestimmt und heftig, er sortierte seine Unterlagen, als bereite er sich auf eine Ansprache vor.

Dann wandte er sich mir zu. Es war in dem Moment, als Herr Lemmer mit dem Unterricht begann. Gilbert kümmerte sich nicht darum. Er erzwang meinen Blick, und als ich ihn erschrocken anschaute, sagte er durch die geschlossenen Zähne: »Ich muss mit dir reden.«

Nun wusste ich, worauf ich die ganzen Tage gewartet und was ich gefürchtet hatte: seine endgültige Erklärung, dass es aus sein würde. Offenbar schmerzte es auch ihn, denn das war ihm anzusehen.

»Nicht nötig«, murmelte ich.

»Doch. Dringend nötig und unaufschiebbar.«

Eine grimmige Entschlossenheit ging von ihm aus, so dass ich mich im Lauf der Stunde dazu überreden ließ, in der Mittagspause zu unserem Blockhaus zu kommen. Als er *unser* Blockhaus sagte, überflutete mich eine Welle von Schmerz.

Niemand würde an einem unfreundlichen Tag wie heute im Park spazieren gehen, sagte er, da bräuchte ich keine Sorge zu haben; außerdem hätten Jehovas Zeugen überhaupt keine Zeit, spazieren zu gehen.

Danach sagte er nichts mehr.

Ich stand in der sechsten Stunde vor allen anderen auf – hatte rechtzeitig meine Sachen eingepackt – und lief hinaus. Im Park begegnete ich einer Frau mit einem Hund, ich schaute ihr ängstlich ins Gesicht, aber zu meiner Erleichterung war sie mir unbekannt.

Ich lief geradewegs zum Blockhaus. Dort fand ich eine Decke vor, die zusammengefaltet auf der Bank lag. Wer sie da wohl vergessen hatte? Ob das Häuschen also benutzt wurde?

Aber dann wusste ich mit einem Schlag, dass es Gilberts Decke war. Ich hatte sie noch nie gesehen, natürlich, und doch war ich mir sicher. Manche Dinge weiß man eben und in anderen ist man völlig vernagelt. Dankbar wickelte ich mich hinein.

Ich musste nicht lange warten. Als ich Gilbert kommen sah, begann mein Herz wahnsinnig zu klopfen. Er polterte herein und bemerkte mit einem Blick, dass ich die Decke hatte.

»Ich hab sie heute Morgen da abgelegt. Sie muss steif sein vor Kälte.«

»Jetzt nicht mehr«, lächelte ich.

Es war wie früher. Als wenn die Entfremdung nicht geschehen wäre. Alles an mir flog ihm zu, so dass ich mich fest an die Bank klammern musste, um Widerstand zu leisten. Er war ja gekommen, um mir seine Entscheidung mitzuteilen, und ich würde sie akzeptieren und ihn bitten, ab morgen wieder an seinen alten Platz zurückzukehren.

Tatsächlich versuchte er nicht, sich neben mich zu setzen, sondern ließ sich mir gegenüber nieder. Er legte die Hände zusammen und hustete erst einmal. Dann begann er: »Esther ...« Er brach ab und schaute mich an.

Ich wollte seinen Blick reserviert erwidern, gefasst auf alles, was kommen würde, gewappnet gegen den Schmerz, den er mir zufügen würde.

Aber da sah ich sein Gesicht offen vor mir, und so viel Zuneigung war in seinen Augen, dass ich eine Bewegung nach vorn machte, wie er auch, und dass wir uns in den Armen lagen, ehe ich wusste, wie mir geschah.

»Komm«, flüsterte er zärtlich. Er schälte mich aus der Decke und wickelte uns beide hinein.

Dann hörte ich ihm mit geschlossenen Augen zu.

Gilbert »Esther«, hab ich gesagt. Zuerst nur ihren Namen. Und dann: »Ich weiß nicht, wie ich anfangen soll. Alles, was ich mir überlegt habe, ist weg. Dabei hab ich's mir gut überlegt! Alles! Wie ich's dir sage, dass du nicht sofort aufstehst und davonrennst, *was* ich dir sagen muss, dass es die Barriere durchdringt. Du hast nämlich mit deinem Glauben eine undurchdringliche Barriere um dich errichtet, ist dir das klar?«

Ich schüttelte sie leicht, aber sie reagierte nicht. Es war ganz anders, als ich es mir vorgestellt hatte, und ich vermisste die Abwehrhaltung, gegen die ich hatte ankämpfen wollen.

Gleichzeitig war es so schön, sie im Arm zu haben, dass ich in Versuchung war, gar nichts zu sagen und die Stunde einfach stumm zu genießen. Der Impuls, dem ich nicht nachgeben durfte, zeigte mir glasklar die Problematik unserer Beziehung: Ohne Worte verstehen wir uns völlig, jeder Satz, den wir sprechen, muss uns trennen.

»Esther«, flüsterte ich, »ohne Worte verstehen wir uns, aber alles, was wir sagen, trennt uns. Siehst du das auch so?«

Diesmal nickte sie, sparsam.

»Aber ich muss trotzdem loswerden, was ich dir zu sagen habe! Versprichst du mir, dir alles anzuhören?«

»Ja«, sagte sie in die Decke hinein.

»Ich hab dein Versprechen?«, versicherte ich mich. »Das ist nämlich unheimlich wichtig!«

Sie hob den Kopf und schaute mich misstrauisch an. Dann nickte sie zögernd.

Ich atmete tief ein und versuchte anzufangen, aber es ging nicht, solange sie mir so nah war, es ging einfach nicht. Sie zu berühren, verwirrte mich völlig. Deshalb machte ich ihr klar, dass es besser war, getrennt zu sitzen. Ich wand mich aus der Decke und hockte mich mit angezogenen Beinen auf die andere Bank.

»Esther«, sagte ich, »ich *wollte* zu dir und deinen Leuten kommen, ich hab's versucht, das wirst du zugeben. Aber ich kann nicht.«

Sie presste die Lippen aufeinander.

»Ich weiß inzwischen, dass sie dir die Gemeinschaft entziehen, wenn du trotzdem mit mir zusammen bist, und das finde ich so wahnsinnig hart, dass ich's dir nicht zumuten will. Oder ... Würdest du ...?«

»Ich *kann* doch nicht ...«, sagte sie tonlos.

»Nein, ich verstehe dich, deshalb wollte ich auch *trotzdem* Zeuge werden und nur, weil ich's nicht aushalte, wenn wir uns trennen. Ich halt's nicht aus, Esther!«

Ich fuchtelte mit den Händen herum, hatte mich aber so weit unter Kontrolle, dass ich mich nicht wieder auf sie stürzte.

»Ich halt's ja auch nicht aus!«, antwortete sie und knetete die Decke.

»Also gut, also gut, ich erzähl dir jetzt etwas. Ich wollte also Zeuge werden und habe mich deshalb über die Gesellschaft informiert, blind wollte ich nicht gerade reinlaufen. Ich hab eine Menge gelesen, Esther, und ein paarmal mit einem Menschen gesprochen, der sich genau auskennt, und jetzt weiß ich, dass ich auch nicht *aus Liebe* meinen Verstand abliefern kann.«

So, das hatte ich gesagt, nicht mit den Worten, die geplant gewesen waren, aber es war raus.

»Deinen Verstand abliefern?«

»Was denn sonst! Da ich ihn zum Glück noch besitze, kann ich dir alles genau erklären.« Ich beugte mich vor: »Wie darf die leitende Körperschaft sich anmaßen zu behaupten, dass sie alle Fragen beantworten kann, denen selbst die größten Denker noch keinen Schritt näher gekommen sind? Wie will sie Gottes Zeitplan berechnen, wo Jesus doch selber gesagt hat: *Ihr kennt weder den Tag noch die Stunde*? Wie ...«

Esther unterbrach mich: »Es ist keine Anmaßung, denn alles steht in der Bibel.«

»Ja!«, sagte ich verzweifelt. »Ja! Das muss natürlich kommen! Ich will mich auch gar nicht mit dir über die Bibelauslegung streiten, ich will nur fragen: Wie kann deine Organisation behaupten, nur sie und niemand sonst legt die Bibel richtig aus? Sieh das doch mal von einer Warte *außerhalb* deiner Glaubensgemeinschaft! Ihr bezeichnet alle anderen großen Religionen – und damit eine Menge Leute, die nicht so lau sind wie ich, sondern sich aufrichtig bemühen – als die *große Hure Babylon*! Ich hab das ja schon in dem roten Buch gelesen, hab aber erst jetzt begriffen, dass ihr damit auch die gesamte Christenheit beschimpft!«

»Du musst«, sagte Esther angestrengt, »das rote Buch aufmerksam von vorn lesen, dann wird dir die Begründung klar. Ich kann sie dir jetzt aus dem Stegreif ...«

»Nein, nicht nötig«, rief ich, »ich *hab's* inzwischen ganz gelesen! Ich sag dir, es ist haarsträubend, wie der Text das gesunde Denken vergewaltigt, ganz logisch und Schritt für Schritt, mit Behauptungen, zu denen die Bibel den Beweis liefern muss!«

»Ich kann dir nicht weiter zuhören«, sagte sie und stand auf.

»Das ist noch ein Beweis!« Ich fuhr hoch. »Sie geben euch ein klares Feindbild. Da seid ihr und alles andere ist der Feind, und den Feind darf man nicht einmal anhören, denn seine Argumente sind vom Satan. Aber du hast versprochen, mir zuzuhören!« Ich hinderte sie daran, die Decke abzulegen. »Hast du's versprochen oder nicht?«

»Du hast nicht gesagt, dass du mich abtrünnig machen willst.«

»Esther«, sagte ich und ließ sie los, »wenn dein Glaube meine Argumente nicht aushält, ist er nichts wert. Leuchtet dir das ein? Sag, leuchtet dir das ein?« Ich war versucht, sie zu schütteln, und es kostete mich größte Selbstbeherrschung, sie nicht anzufassen. Wir standen dicht voreinander.

»Also gut«, sagte sie plötzlich. »Rede.« Sie setzte sich steif hin.

Da ließ ich mich aufatmend zurückfallen. Jetzt kam es auf die richtigen Worte an. Ich zweifelte schwer daran, sie zu finden – wenn doch Wolfgang hier gewesen wäre! Ich hatte so viel gelesen; aber lesen und wiedergeben sind zwei verschiedene Dinge, das merkte ich wieder mal, es ist eine Erfahrung, die sich durch meine ganze mistige Schulzeit zieht: gelesen, begriffen – gut; auf damit in den Test – klägliches Ergebnis.

Aber immerhin hatte ich mich diesmal besser vorbereitet als auf irgendein Schulfach, ich hatte mir unter anderem eine Zahl eingeprägt. »Ihr habt eine eigene Bibelübersetzung hergestellt und 237-mal den Namen Jehova eingefügt, wo er im Urtext nicht steht.«

»Es gibt einen guten Grund dafür.«

»Sicher auch für die kleinen Korrekturen, die den Bibeltext auf eure Lehre abstimmen.«

»Davon ist mir nichts bekannt.«

»Esther, ich kann's dir beweisen. Ich kann dir ein Buch geben, wo alle diese Stellen genau aufgeführt und erläutert sind, mit dem Urtext daneben. Davon hast du natürlich noch nie was gehört. Du bist davon überzeugt, dass die leitende Körperschaft nur das aus der Bibel herausliest, was drinsteht, du glaubst das *unbesehen*, aber du solltest es einfach nachprüfen. Ich weiß, dass du nur das lesen darfst, was deine Organisation publiziert, alles andere ist Zeitvergeudung, erzählt man dir. Aber sag selbst: Ist das Zeitvergeudung, wenn man eine Sache von mehreren Seiten beleuchtet, um sich eine objektive Meinung bilden zu können?«

Dagegen konnte sie einfach nichts einwenden. Ich sah sie zögern und zum Sprechen ansetzen, aber dann schüttelte sie nur stumm den Kopf.

»Esther, ich hab in meiner Tasche ein paar ausgewählte Bücher. Denkst du, du könntest dich über das Verbot hinwegsetzen und sie lesen?«

»Und wenn sie lauter Lügen enthalten?«

»Das sollst du dann selbst beurteilen«, sagte ich, unglaublich froh darüber, dass sie sich nicht auf eine sture Ablehnung versteifte.

Sobald sie sich mit der Aufklärungsliteratur befasst haben wird, muss ihr einfach die Erkenntnis kommen, dass ihr Weltbild nicht das einzig mögliche ist. Und sie muss dann doch begreifen, wie furchtbar sie manipuliert wird! Ich wünsche ihr nicht, dass sie ihre Familie verliert, aber wenn das die Konsequenz sein sollte, find ich's immer noch weniger schlimm, als das ganze Leben einer absurden Idee zu opfern, das ist meine Meinung. Ich hab Angst vor dem, was ich da mache. Aber seit ich Bescheid weiß, kann ich einfach nicht mehr anders, ich muss versuchen, sie da rauszuholen. Bis jetzt leuchtet mir selbst nicht ein, welcher Zweck hinter der Organisation steckt, vielleicht nur der, dass der Konzern weiterhin seine Hefte und Bücher absetzt, alles in Millionenauflagen und ganz billig hergestellt, weil Leute wie die Bethelfamilie, die ich im Video gesehen habe, für ein Taschengeld arbeiten.

Ich will Esther, wenn sie erst mal bereit dazu ist, mit zu Wolfgang nehmen, da können wir dann alles durchdiskutieren. Wenn's nur schon so weit wäre ...

»Die Bücher«, sagte ich, »setzen sich auch mit der Zahlenakrobatik auseinander.«

»Mit welcher Zahlenakrobatik?«

Ach so, für sie war das ja keine Akrobatik. »Also«, sagte ich, »die Bibel enthält doch 'ne Menge komischer Zahlen.«

»... die alle eine Bedeutung haben«, fiel Esther ein.

»Ja, kann sein. Aber wer bestimmt, welche Zahlen man buchstäblich auffassen muss und welche man symbolisch verstehen darf?«

Sie schaute mich ratlos an.

»Na, die leitende Körperschaft! Mit ganz irren Berechnungen kam sie darauf, dass 1914 das Ende der Welt sein sollte. Aber komischerweise ging's nach 1914 dann doch weiter, und deshalb wird jetzt behauptet, im Jahre 1914 habe das Ende der Welt *angefangen*!«

Ich sah, dass sie mich unterbrechen wollte, aber jetzt war ich in Fahrt. »Als Christus 1914 trotz der Berechnungen nicht erschien, wurde einfach behauptet, er sei *unsichtbar* erschienen, und als 1925 trotz Vorhersagen Abraham, Isaak und Jakob nicht kamen, hat man das Haus, das man für sie gebaut hatte, verkauft und die Sache unter den Teppich gekehrt. Kommt dir das nicht komisch vor? Aber davon weißt du wahrscheinlich gar nichts, weil ihr die alten Schriften nicht mehr lest. Euer Religionsgründer, dieser Charles Taze Russel, hat vor hundert Jahren Sachen behauptet, für die man ihn heute mit dem Gemeinschaftsentzug bestrafen würde! Das ist alles schwarz auf weiß belegt, Esther, du wirst sehen, dass es keine Lügen sind. Zum Beispiel hat eure Führungsspitze später berechnet, dass eigentlich 1975 Harmagedon stattfinden müsste. Was aber nicht geschah, denn sonst wären wir beide schon im Paradies geboren beziehungsweise ich überhaupt nicht, denn meine Eltern sind ja keine Zeugen, sie wären ja niedergemetzelt worden von eurem furchtbaren Gott ...«

Sie stieß einen Schrei aus und drückte die Hände auf die Ohren. Ich war zu weit gegangen, das war mir sofort klar. Ich hätte ihr die Bücher geben und abwarten sollen, aber aus irgendeinem Grund hatte mich die Sucht gepackt, sie auf der Stelle überzeugen zu müssen.

Deshalb konnte ich nicht aufhören. »Esther, du glaubst jedes Wort von Leuten, die dir sagen, dass du es glauben musst, weil sie sich nicht irren. Aber sie haben sich geirrt, oft schon, das ist bewiesen!«

»Von fortschreitender Erkenntnis hast du noch nichts gehört?«, fauchte sie.

»Ja!«, rief ich. »Damit begründen sie ihre Irrtümer, Gott gibt ihnen angeblich immer helleres Licht, vielleicht gibt er ihnen auch mal helleres Licht in der Blutfrage, aber dann ist es für viele zu spät!«

Eine völlig unerwartete Verwandlung spielte sich vor meinen Augen ab: Esther ließ die Hände sinken und starrte mich aus riesigen Augen an, ihre vorher festen Lippen zitterten plötzlich, sie öffneten sich, aber alles, was herauskam, war ein gequälter Laut, der mir durch Mark und Bein ging.

Ich wusste nicht – und weiß bis jetzt nicht –, was ich gesagt oder getan hatte, um sie so zu verstören. Von dem Moment an war nicht mehr mit ihr zu reden. Wahrscheinlich hatte ich ihr alles in allem viel zu viel auf einmal zugemutet, Büffel, der ich bin. Ich hätte auf Wolfgang hören und es ganz behutsam angehen sollen. Aber ich bin eben der Typ nicht; es hatte mich schon Beherrschung genug gekostet, ihr nicht vom ersten Tag an meine neuen Erkenntnisse draufzuhängen, sondern wirklich zu warten, bis ich gründlich Bescheid gewusst hatte. Und nun war es so weit und es musste eben raus.

Ich hab ihr dann noch die Bücher mitgegeben und ihr nachgesehen, wie sie durch den Park zur Schule ging. Danach hab ich meine Decke, in der noch ihre Wärme war, unter den Arm genommen und bin auch gegangen.

Wolfgang

Ich berichte das Ende einer Geschichte, die weit davon entfernt ist, zu Ende zu sein, sondern die im Gegenteil ganz an ihrem Anfang steht. Seit dem schrecklichen Ereignis im Dezember sind gerade zwei Monate vergangen, und was nun beginnt, ist der allererste Anfang einer Genesung.

Ich schreibe anstelle Esthers. Sie befindet sich in der offenen Psychiatrie einer Klinik und hat mir, seit sie Vertrauen zu mir fasste, ihre Gedanken und Empfindungen stockend mitgeteilt. Und auch das überaus verstörende Erlebnis habe ich aus ihrem Mund erfahren, das die eigentliche Ursache für ihren Klinikaufenthalt ist.

Gilbert und ich waren bisher die einzigen Besucher, die von ihr erwünscht und von den Therapeuten zugelassen wurden (Ausnahme: ihre kleine Schwester, die aber von den Eltern aus nicht kommen darf). Es war äußerst schwierig, ihrer Familie und den Versammlungsältesten begreiflich zu machen, dass Esther vorerst niemanden aus ihrer Glaubensgemeinschaft ertragen kann. Nur eben Rebekka. Aber Rebekka wird ihr vorenthalten; mit Vater oder Mutter oder Bruder zusammen dürfte sie kommen, was Esther jedoch ablehnt.

Nach dem, was mir Gilbert und Esther erzählt haben, ist Folgendes geschehen:

Gilbert hatte es geschafft, den Schutzwall von Misstrauen zu durchbrechen, den Esther – wie alle Zeugen Jehovas – um sich errichtet hatte. Es war ihm gelungen, sie zum Zuhören zu bringen und dazu, Aufklärungsliteratur zu lesen.

Nach ihren eigenen Angaben las Esther im zunehmenden Bewusstsein, recht zu handeln; was sie erfuhr, eröffnete ihr eine völlig neue Sicht auf die Wirklichkeit ihrer Organisation. Sie sagte Gilbert, sie fühle sich wie eine, die zeitlebens eine Brille getragen habe, nach der die Welt auf dem Kopf steht; bekanntlich ist ja das Gehirn imstande, nach einer Weile der Adaption das verkehrte Bild anzupassen. Das war bei ihr aber gar nicht notwendig gewesen, denn sie hatte die Brille ja immer getragen, sie hatte das dadurch verursachte Zerrbild seit jeher als Wirklichkeit akzeptiert. Ihr Problem der Anpassung begann nach dem *Entfernen* der Brille. *Jetzt* stand nämlich die Welt für sie auf dem Kopf und musste in einem schmerzhaften Prozess gedreht werden.

Mitten in diesem Prozess verspürte Esther das dringende Bedürfnis, mit ihren Großeltern mütterlicherseits zu reden, die ihrer Meinung nach Ähnliches durchgemacht hatten und vermutlich noch durchmachten.

Sie erzählte Gilbert erstmals von ihrer Tante Ruth. Nach seiner entsetzten Reaktion beschloss sie, noch am selben Tag die Großeltern aufzusuchen.

Gilbert wollte sich ein Auto ausleihen und sie hinbringen, aber das lehnte sie ab. So weit war sie noch lange nicht, sich öffentlich mit ihm zu zeigen; bevor sie diesen Schritt tun würde, musste sie die Glaubensangelegenheit mit sich selbst regeln, die zur zentralen Frage geworden war. Ihre Liebe zu Gilbert stand auf einem anderen Blatt.

Sie verzichtete auf den Nachmittagsunterricht, fuhr aber nicht nach Hause, sondern nahm den Mittagsbus nach Imsingen. Während der Fahrt zog sie den Brief ihrer Großeltern aus der Schultasche, wo er seit Erhalt gesteckt hatte. Sie schlitzte das Kuvert mit dem Fingernagel auf und erkannte die Handschrift ihres Großvaters.

Die Busfahrt war vorüber und Esther war noch nicht fertig mit dem Brief. So setzte sie sich in Imsingen ins Bushäuschen, wo sie nach der Lektüre mit zitternden Händen die Blätter faltete und in die Schultasche schob, ehe sie sich auf den kurzen Fußweg machte.

Und dies ist der Inhalt des Briefs.

Liebste Esther,

Oma und ich wissen, dass man dir streng verboten hat, mit uns zu sprechen, und dass es also nicht dein eigener Wille ist, Oma und Opa, die dich lieben, jeden Morgen zu übersehen. Wie weh das tut, Kind, ist gar nicht zu beschreiben.

Wir haben so gehofft, dass unser »stummes Zeugnis« dich eines Tages dazu bringen würde, uns wenigstens anzuhören, um deinetwillen, weil dein Leben noch vor dir liegt, weil es für dich, selbst wenn du inzwischen getauft sein solltest, noch nicht zu spät ist.

Bitte leg jetzt nicht erschrocken meinen Brief weg. Du hast ihn geöffnet, so lies ihn auch weiter und höre dir ein einziges Mal an, was Opa und Oma zu berichten haben. Danach magst du tun, was dein Herz dir eingibt. Du bist achtzehn geworden und damit volljährig und selbst für dich verantwortlich. Es ist deine Entscheidung, meine Zeilen, die nur für dich bestimmt sind, nicht bei deinen Eltern oder bei den Versammlungsältesten abzuliefern, sondern einfach zu lesen.

Du warst bei uns zu Hause und du warst gern bei uns, deinen Großeltern, und bei Ruth, die so viel Freude an dir hatte. Johannes hat es nie in dem Maß zu uns gezogen und Rebekka war noch zu klein. Wir lieben auch deine Geschwister, aber du, Esther, warst immer unser Ein und Alles. Wir haben dich in den letzten Jahren zu einem selbstbewussten jungen Mädchen heranwachsen sehen und gaben nie die Hoffnung auf, dass in deinem Herzen noch Platz für uns ist. (Ich habe Oma aus dem Zimmer geschickt, um diesen Brief schreiben zu können, denn sie soll meine Tränen nicht sehen.)

Wir sind, liebe Esther, sehr einsam geworden, uns ist kein einziger Mensch geblieben. Das sollst du wissen, auch wenn es nicht der Hauptgrund unserer Bemühungen um dich ist. Der Hauptgrund bist du selbst.

Damit du verstehen kannst, muss ich ein Stück in die Vergangenheit zurück – dir mag es sehr weit zurück erscheinen, aber für Oma und mich ist die Zeit geschrumpft und unser ganzes Leben passt auf einen Briefbogen. Oma war so alt wie du, als ich sie im letzten Kriegsjahr kennenlernte. Du weißt wohl, dass ich aus Berlin stamme, wo meine Familie in den Bomben des Zweiten Weltkriegs umgekommen ist. Bei Kriegsausbruch hatte ich gerade mein Abitur gemacht und wurde sofort eingezogen. 1944 wurde ich zum zweiten Mal verwundet und kam in ein Lazarett in Süddeutschland, wo deine Oma als achtzehnjährige Krankenschwester Dienst tat. Wir lernten uns lieben und heirateten gleich nach Kriegsende, denn wir erwarteten bereits unser erstes Kind.

Du kannst dir bestimmt nicht vorstellen, wie kaputt damals alles war. Die Städte lagen in Schutt und Asche, die

Hoffnungen der Menschen in Deutschland waren zerstört, fast alle Familien hatten Tote zu beklagen und doch musste es irgendwie weitergehen.

Omas Familie war aus München ausgebombt, niemand konnte uns aufnehmen, und als Deborah, deine Mutter, geboren wurde, war das in einer Behelfsunterkunft, wo uns nicht einmal die Matratze gehörte, auf der wir lagen. In derselben Unterkunft lebte auch ein Zeuge Jehovas, der nach langjähriger KZ-Haft krank und halb verhungert war und der doch Licht in unsere Zwangsgemeinschaft brachte, indem er vom bevorstehenden Ende dieser mörderischen Welt und von Gottes Paradies erzählte, das gleich danach aufgerichtet würde und in dem alle die Menschen für immer glücklich leben würden, die sich jetzt zu ihm bekannten. Mit welcher Zuversicht sprach er uns davon, die wir nicht wussten, was wir am nächsten Tag essen und wie wir unser neugeborenes Kind über den Winter bringen sollten.

Vor allem Oma konnte gar nicht genug hören. Wie sehr wünschte sie sich für ihr Kind das Paradies, wo es satt und gesund und froh aufwachsen könnte und wo Vater und Mutter nicht bei Tag und Nacht hart arbeiten müssten, um auch nur das Nötigste anzuschaffen.

Wir nannten unser kleines Mädchen Deborah und ließen uns taufen, nachdem wir aus der Kirche ausgetreten waren, Oma aus der katholischen und ich aus der protestantischen.

Für mich war an ein Studium nicht zu denken, ich musste für meine Familie sorgen. Ich fand Arbeit bei einer Baufirma in Pettenstein. Wir lebten in einer Ein-

Zimmer-Wohnung bei einem Landwirt in Hüffeldingen, wo Oma auf dem Feld und im Stall mithalf.

Wo wir nur konnten, verbreiteten wir die Botschaft von Gottes Königreich; wir waren sehr wenige Verkündiger im Raum Pettenstein und mussten zu den Zusammenkünften weit fahren (erst viel später wurde hier eine Versammlung gebildet).

Unsere Deborah erzogen wir in der Furcht Gottes und in der Hoffnung auf sein nahes Paradies. Sie war ein gutes und williges Kind, und wir hatten es nicht schwer, sie »von der Welt abzusondern«, nachdem wir in unser selbstgebautes Häuschen in Imsingen umgezogen waren. Das Einzige, was sie hartnäckig wollte, waren Tiere, wenigstens eine Katze oder einen Hund sollten wir ihr erlauben. Wir taten es nicht. Denn Tiere vermehren sich, und wir hatten einfach keine Zeit, uns um sie zu kümmern, Arbeit und Verkündigungsdienst nahmen uns voll in Anspruch. Wir vertrösteten Deborah auf das nahe Paradies, wo alle Tiere zahm sein würden und wo treue Christen sogar mit Tigern und Löwen würden spielen dürfen.

Wir wollten auch keine weiteren Kinder bekommen, um unsere ganze Zeit dem Werk Jehovas widmen zu können. Dennoch wurde Oma fünfzehn Jahre nach ihrem ersten Kind noch einmal schwanger. Zuerst waren wir erschrocken darüber, dann aber liebten wir Ruth umso mehr. Was du vielleicht nicht weißt, liebe Esther: Damals lebten treue Zeugen in der Erwartung der großen Drangsal, die für das Jahr 1975 vorhergesagt war. Sie setzten alles daran, Gottes Auftrag zu erfüllen und Schafe zu sammeln, solange noch Zeit war; sie verbrachten alle Stunden, die sie erübrigen konnten, im Dienst. Manche versagten es sich sogar, zu heiraten oder Kinder zu bekommen: Das, redete man ihnen ein – und redeten sie sich selbst ein –, konnten sie demnächst im Paradies tun. Zu ihnen gehörten auch Deborah, die über dreißig und noch ledig war, und dein Vater Leonhard. Sie hatten so lange gewartet und sie hatten umsonst gewartet. Denn das vorhergesagte Ende traf nicht ein. Sie waren, wie wir alle, sehr enttäuscht und fingen danach erst an, nach einem Ehepartner Ausschau zu halten.

Oma und ich bekamen damals große Zweifel an der Richtigkeit dessen, was uns die leitende Körperschaft Woche für Woche durch ihre Schriften und ihre reisenden Aufseher vermittelte. Wenn die Leitung der Organisation irrtümlicherweise Harmagedon für 1975 vorhergesagt hatte, dachten wir, konnte sie doch genauso gut auch in anderen wichtigen Fragen irren – ob sie wirklich Gottes Kanal war, durch den er uns seinen Willen kundtat? Natürlich bekämpften wir unsere Zweifel im Gebet und im Gespräch mit Ältesten, die offenbar fester im Glauben waren als wir. Auch Deborah, die über die Blüte ihrer Jugend hinaus war, bestärkte uns darin auszuhalten – heute denke ich, dass sie deshalb so eisern war, weil sie sich daran klammerte, dass ihr Opfer einfach nicht umsonst gewesen sein durfte. Sie lernte dann Bruder Schwenda näher kennen und beschloss, mit ihm eine Familie zu gründen; das erste »Ergebnis« bist du, liebe Esther.

So streng, wie deine Eltern selbst im Glauben sind, so haben sie auch euch Kinder erzogen. Und das ist es, was wir uns heute bei Tag und bei Nacht vorwerfen: Wir selbst sind die Ursache dafür, dass deine Mutter den soge-nannten »schmalen Pfad des Heils« so unbeirrbar geht – für deinen Vater können wir nichts, aber deine Mutter haben wir selbst so geformt.

Hätten wir damals, als wir jung waren, gewusst, dass unser eigenes Kind sich einmal in aller Härte von uns abwenden würde, dann wären wir keine Zeugen gewor-den. Ganz abgesehen davon, können wir heute nicht mehr daran glauben, dass die leitende Körperschaft Gottes Kanal ist, dass also Gott sich einer kleinen Gruppe »gesalbter Männer« bedient, die als Einzige in der Lage sein sollen, sein Wort zu entschlüsseln.

Wir sind, wie du weißt, zu sogenannten »Abtrünnigen« geworden, weil das sinnlose Sterben unseres zweiten Kindes unsere Augen geöffnet hat – welchen Grund sollte Gott haben, eine lebensrettende Maßnahme wie die Bluttransfusion zu verbieten? In der Bibel steht wohl, dass wir kein Blut essen sollen, aber eine Transfusion ist kein Essen! Vielleicht hätte Gott die Blutübertragung deutlich von seinem Verbot ausgenommen, wenn sie zu biblischen Zeiten schon bekannt gewesen wäre.

Du siehst, Esther, dass wir an Gott und der Bibel weiter-hin festhalten, wir lehnen nur die enge Auslegung durch die Organisation ab. Das half uns natürlich nicht, bei den einzigen Menschen, die wir näher kennen, den Glaubensgenossen, bleiben zu dürfen. Denn die Treue zu Gott und zu Christus wird ja sogar als eines der »Kenn-zeichen der Abtrünnigen« genannt! Du kannst es in den

Unterredungen nachlesen: Sie *(die Abtrünnigen)* behaupten vielleicht, Gott zu dienen, doch lehnen sie seine Vertreter, seine sichtbare Organisation, ab ...

Da wir uns früher von allen anderen Menschen abgesondert hatten, auch von Omas Familie, sind wir seit dem Gemeinschaftsentzug, der angeblich eine »liebevolle Vorkehrung« sein soll, vollkommen allein.

Du kannst noch nicht ermessen, was das bedeutet. Und wir wollen verhindern, dass du diese Erfahrung – und andere sehr schlimme Erfahrungen – selbst machen musst. Das ist der Sinn meines Briefes.

Liebste Esther, gib uns die Chance eines Gesprächs, damit wir dir unsere geänderte Sicht der Dinge genauer mitteilen können; vielleicht wäre es möglich, durch dich auch deine Geschwister zu erreichen, ehe alles zu spät ist. Bei deiner Mutter haben wir ehrlich gesagt ganz wenig Hoffnung auf einen Sinneswandel – das ist unsere eigene tiefe Schuld, wie ich noch einmal sagen muss. Lass sie uns wenigstens an dir wiedergutmachen.

Kind, wirst du uns ein Zeichen geben, indem du morgen neben uns stehen bleibst?

Ich verspreche dir, wir wollen dich nicht überreden, sondern dich nur zum Nachdenken bringen.

Bitte, Esther, um aller Tränen willen, die wir geweint haben: Gib deinen Großeltern eine Chance!

Dein Opa

Esther lief sehr schnell, nachdem sie den Brief weggesteckt hatte, bedrängt vom Gefühl, schon viel zu viel Zeit verloren zu haben. Sie versetzte sich in die Lage ihrer Großeltern, die bisher umsonst auf eine Reaktion gewartet hatten die am Morgen nach dem Brief sogar auf sie zugegangen waren, in der Hoffnung, dass sie ihn gelesen hatte; und die es einen Tag später noch einmal probiert hatten, und wieder vergebens.

Danach mussten sie wohl angenommen haben, dass der Brief vernichtet oder den Ältesten übergeben worden war oder dass ihre Enkelin fest genug im Glauben stand und alle Annäherungsversuche zurückwies.

Esther kam atemlos vor dem Haus an, dessen Tür verschlossen war. Sie läutete, aber niemand öffnete. Auch an den Fenstern war keine Bewegung zu erkennen. Das Auto der Großeltern war nicht zu sehen.

Tief enttäuscht lehnte sie sich an den Gartenzaun. Es war kalt, aber sie wollte dennoch warten, weit konnten Opa und Oma doch nicht sein, wahrscheinlich waren sie einkaufen.

Als sie so stand, kam ihr plötzlich der Gedanke, durch das kleine Fenster an der Rückseite der Garage einen Blick ins Innere zu werfen. Sie ging um die Garage herum und kletterte auf Opas Hauklotz, der seit jeher dort unter einem kleinen Vordach abgestellt war. Sie machte das eigentlich nur, um sich die Zeit zu verkürzen. Als sie dann aber durchs Fensterchen das Auto in der Garage stehen sah, sprang sie vom Klotz, rannte zum Haus und läutete Sturm.

Nichts rührte sich.

Die Großeltern konnten sich auf einem Spaziergang befinden. Aber daran glaubte Esther schon nicht mehr recht. Sie lief zum Nachbarhaus hinüber und fragte dort nach, ob jemand ihre Großeltern gesehen habe.

Die Frau, die ihr Auskunft gab, kannte sie noch, obwohl sie seit Jahren nicht mehr hierhergekommen war. Sie meinte,

Kuskes wären schon seit längerer Zeit nicht mehr gesichtet worden, ihrer Schätzung nach seit mindestens zwei Wochen; sie persönlich hätte gedacht, die Leutchen würden diesen Winter möglicherweise auf einer spanischen Insel verbringen, wie einige Rentner das inzwischen täten, und außer einem freundlichen Gruß wäre ja so gut wie nie ein Wort von Kuskes gekommen, warum also sollten sie der Nachbarschaft erzählen, dass sie vorhatten zu verreisen.

Esther sagte ungeduldig und voller Angst, dass das Auto ihrer Großeltern in der Garage stünde.

Da stutzte die Frau. Man brauche zwar kein Auto, um nach Teneriffa oder sonst wohin zu fliegen, aber seltsam sei es schon, dass Kuskes nicht mal ihre Angehörigen verständigt hätten, und wer hätte sie eigentlich zum Flughafen gebracht?

Sie war so fixiert auf ihre Idee von der Flugreise, dass sie eine Weile brauchte, bis sie begriff, was Esther von ihr wollte.

Die Polizei verständigen?

Esther stand unbeweglich am Schlafzimmerfenster der Nachbarsfrau und beobachtete das Haus ihrer Großeltern, bis die Kripo eintraf.

Sie berichtete den Beamten, wann sie ihren Opa und ihre Oma zuletzt gesehen hatte und dass diesem Tag zwei Jahre vorausgegangen waren, in denen die Großeltern sie jeden Morgen am Schulweg erwartet hatten.

Man betrachtete dies als ungewöhnlich, und so musste Esther auch erzählen, dass es ihr nicht erlaubt gewesen war, mit ihnen zu reden, und dass ihre Familie jeden Kontakt zu ihnen schon vor drei Jahren abgebrochen hatte.

Danach drang die Kripo gewaltsam in das Haus ein; Esther

wurde zurückgehalten, nachdem man den Verwesungsgeruch wahrgenommen hatte.

Sie klammerte sich an den Gartenzaun, und nicht einmal ihre Mutter, die man inzwischen verständigt hatte, konnte sie von dort wegbringen. Aus allen Nachbarhäusern waren die Menschen auf die Straße getreten, sie wisperten und tuschelten oder schwiegen erschüttert, je nachdem.

Es dauerte mehrere Stunden, bis das Beerdigungsunternehmen die beiden Leichen abtransportieren durfte. Mittlerweile waren neben Esthers Vater auch andere Versammlungsälteste eingetroffen, die gedämpft auf Esther einredeten.

Erst als man die Särge an ihr vorbeigetragen hatte, löste sie sich vom Zaun, verblieb aber in einem Zustand der inneren Erstarrung und weigerte sich, nach Hause zu gehen. Der anwesende Arzt brachte sie in die Klinik.

Warum sie die sogenannte liebende Fürsorge der Eltern und der Glaubensgemeinschaft ablehnt, war schon nach den ersten Gesprächen klar: Sie fürchtet, wieder vereinnahmt zu werden von den Menschen, die ihrer Meinung nach verantwortlich sind für das Unglück ihrer Großeltern und für den Tod ihrer Tante Ruth Rehbein. Nur ihre kleine Schwester Rebekka würde sie gerne sehen, und sie hat Gilbert und mich gebeten, sie zu ihr zu bringen, aber die Eltern erlauben es nicht.

Esther leidet unter einem mehrfachen Trauma: Mit dem Verlust der Religion hat sie ihren zentralen Lebensinhalt verloren; mit dem Selbstmord der Großeltern geliebte Menschen, die sie gerade hatte wiederfinden wollen; und wie das Verhältnis zu ihren Eltern und Geschwistern sich gestalten wird, ist noch völlig ungewiss. Es hängt wohl vor allem davon ab, ob die Familie erschüttert genug ist, um umzudenken, oder ob sie am System festhält und das Mädchen verstößt.

Zu allem hinzu kommen heftige Selbstvorwürfe. Denn Esther fühlt sich mitschuldig am Freitod der Großeltern.

Die Ärzte der Klinik haben mich mit einem Teil der Therapie betraut; neben meinen persönlichen Gesprächen mit Esther bin ich dabei, eine Selbsthilfegruppe aus ehemaligen Zeugen Jehovas aufzubauen. Denn es ist sehr wichtig, dass Esther mit Menschen sprechen kann, die auch damit fertigwerden mussten, nicht mehr zur abgesonderten Gemeinschaft der »Erwählten Gottes« zu gehören – mit allen Folgen, die das nach sich zieht.

Ein bedeutendes Heilmittel ist die Zeit.

Aber die größte Hilfe scheint Gilbert zu sein. Mit ihm zusammen habe ich Esther schon lachen hören. Und man muss nur die Zärtlichkeit in ihren Blicken sehen, um zuversichtlich zu werden.

Gilbert hat ihre Großeltern väterlicherseits aufgesucht, die in Pettenstein leben. Sie freuen sich darauf, Esther zu sich zu nehmen, wenn sie die Klinik verlässt. Für Sonntag haben sie ihren Besuch angekündigt und Esther hat nicht abgelehnt.

Verwendete Literatur

Literatur der Wachtturmgesellschaft (Zeugenliteratur)

Alleiniger Herausgeber: Watchtower Bible and Tract Society of New York, Inc.

- Neue-Welt-Übersetzung der Heiligen Schrift
  (= die Bibelübersetzung der Zeugen Jehovas)
- Unterredungen anhand der Schriften
- Die Offenbarung. Ihr großartiger Höhepunkt ist nahe!
- Jehovas Zeugen und die Schule
- Fragen junger Leute
- Erkenntnis, die zu ewigem Leben führt
- Jehovas Zeugen – Menschen aus der Nachbarschaft, wer sind sie?
- Video: Jehova's Witnesses – The Organization Behind the Name

Außerdem zahlreiche Nummern der Zeitschriften *Wachtturm* und *Erwachet!*

Literatur, die sich mit der Lehre der Zeugen Jehovas auseinandersetzt

- Ludwig Neidhart: Die Zeugen Jehovas. Akademische Bibliothek Altenberge 1986
- Günther Pape: Ich war Zeuge Jehovas. Weltbild Verlag 1993
- Jerry R. Bergmann: Jehovas Zeugen und das Problem der seelischen Gesundheit. Evangelischer Presseverband für Bayern, gekürzte deutsche Ausgabe 1994

- Friedrich-Wilhelm Haack: Jehovas Zeugen. Evangelischer Presseverband für Bayern 1993
- Mehrere Nummern von: Materialdienst der Evangelischen Zentralstelle für Weltanschauungsfragen, Stuttgart
- Mehrere Nummern von: Aus Christlicher Verantwortung. Christliche Dienste e.V., Tübingen
- Mehrere Nummern von: Brücke zum Menschen. Bruderdienst-Missionsverlag, Itzehoe
- Mehrere Nummern von: Pastorale Hilfe. Referat für Weltanschauungsfragen, Wien
- Steven Hassan: Ausbruch aus dem Bann der Sekten. Rowohlt 1993
- Rundbrief Nr. 1 (Juli 1989) der Arbeitsstelle »Ständiges Diakonat der Diözese Rottenburg – Stuttgart«
- Checkliste für religiöse Gruppen, hrsg. von der EBI (Eltern- und Betroffeneninitiative gegen psychische Abhängigkeit für geistige Freiheit e.V., Berlin)

Adressen, die weiterhelfen

Informationen im Internet über die Zeugen Jehovas gibt es zahlreiche, z.B. unter:
http://de.wikipedia.org/wiki/Zeugen_Jehovas.
Mit Weblinks und Literaturangaben.

Wer zu einem Sektenproblem Rat oder Hilfe braucht, kann sich außerdem an jedes Pfarramt wenden. Dort werden Kontaktadressen bereitgehalten; die Kirchen der Länder haben Beauftragte für Religions- und Weltanschauungsfragen ernannt, deren Anschriften man dort erhält.

Irma Krauß

Irma Krauß, geboren 1949 im schwäbischen Unterthürheim, studierte in Augsburg Pädagogik und arbeitete danach mehrere Jahre als Lehrerin. 1989 veröffentlichte sie ihre erste Erzählung für Erwachsene. Heute lebt sie als freischaffende Autorin in der Nähe von Augsburg; sie veröffentlichte inzwischen zahlreiche Kinder- und Jugendbücher. Bei Beltz & Gelberg erschienen von ihr die Romane *Arabella oder Die Bienenkönigin* (Peter-Härtling-Preis der Stadt Weinheim. Preis der Deutschen Umweltstiftung), *Kurz vor morgen*, *Meerhexe* und zuletzt *Sonnentaube*.
Mehr Informationen zur Autorin unter
www.irma-krauss.de